मेरी जगह कहाँ है?

मेरी जगह कहाँ है

(लड़की की पुकार)

डॉ. मालती शर्मा

KALPAZ

मेरी जगह कहाँ है (लड़की की पुकार)

ISBN: 978-93-5128-027-9
मूल्य : 150
भारत में सन् 2014 में प्रकाशित
कल्पाज़ पब्लिकेशन्स,
सी-30, सत्यवती नगर,
दिल्ली - 110052
Phone : 9212142040
ई-मेल : kalpaz@hotmail.com
टंकण कार्यः शुभम् प्रिंटर्स, दिल्ली
मुद्रितः जी. प्रिंट प्रोसैस, दिल्ली

विषय सूची

दो शब्द

किसी भी समाज की सभ्यता ही उनका दर्पण होता है। पुरानी सभ्यताओं को सोच कर ही हम पुराने समय कि सभ्यता का अंदाजा लगाते हैं। साथ ही उस समय की कुछ जीवित महिलाओं के उदाहरणों से ही हम उस समय का ज्ञान बटोर सकते हैं। भारत में आज भी उस समय की अनेकों महिलाए व गरीब जनता दीन हीन मौजूद हैं जो उन यातनाओं से गुजरे हैं। मैं स्वयं भी समाज और समाज के ठेकेदारों कि दी हुई यातनाओं से गुजरी हूँ। जितनी यातनाओं से महिलाएँ, लड़किया तथा बजुर्ग गुजरे हैं, जिसका पूरा विवरण तो नहीं हो सकता लेकिन कुछ विवरण अवश्य दिया जा सकता है। यही मेरा प्रयास भी है। इसमें केवल पात्रों के कहीं-कहीं नाम बदल दिये गये हैं वरना सब कुछ आँखों देखा है।

प्रस्तुत कृति मेरे पिता स्व. बड़े नामी शायर दिल्ली तथा पूरे भारत के शायरों में श्रेष्ठतम नाम श्री दयाप्रकाश 'हुमाँ' जिन्होंने उर्दू को शिखर तक पहुँचाने का प्रयास किया और अनगिनत इनाम शायरी में बटोरे, को समर्पित करती हूँ। इसके अलावा इस लेखन के लिए मैं अपने चाचा, दुष्यंत कुमार परदेशी, बहुत नामी कवि, जिन्होंने शायरी को कविता में ढाल कर हिन्दुस्तान में कवि के रूप में अपना बड़ा योगदान दिया है। ऑल इण्डिया रेडियो, जैसे इलाहाबाद, नजीवाबाद बाद में भोपाल में बड़े पदों पर रहते हुए दुनियाँ छोड़ गये। को भी सम्मानित करती हूँ

यह किताब मेरे अपने पूज्य पिता स्व. श्री दयाप्रकाश जी हिन्दुस्तान के मसहूर शायर को समर्पित करती हूँ। जो श्री जिगर मुरादाबादी के बेहतरीन शागिर्द थे।

इसके अतिरिक्त मैं अपने पति श्री यज्ञदेव शर्मा की भी आभारी हूँ।

इस प्रकार की पुस्तक लिखने का मेरा अथक् व प्रथम प्रयास है जिसकी त्रुटियों को पाठकगण अवश्य ही क्षमा करेंगे एवं अपने आलोचनात्मक परामर्शों द्वारा मेरा मार्ग दर्शन करेंगे।

इसमें मेरा यह प्रयास रहा है कि यदि किसी एक लड़की का भी इससे कुछ अच्छा होता है तो मेरा लेखन सफल ही रहेगा। और मैं अपना प्रयास सफल समझँगी।

डॉ. मालती शर्मा

भूमिका

हर परेशानी या दुख के पीछे कोई न कोई ऐसा भाव या भावनाओं का श्रोत प्रस्कुटित हो जाता है जिसको साधारण परिवार या समाज समझ ही नहीं पाते अतः कोई भी कारण हो वलि तो लड़की की ही चढ़ती है। और लड़कियाँ अपना मनोवैज्ञानिक सन्तुलन समझ सकती हैं। और वह लड़की एक दैनिय दशा में पहुँच जाती है। उसका कारण परिवार या समाज ही है। मैं स्वयं भी इन यातनाओं से घिरी रही हूँ। मुझे इस आहत का पता केवल जब मैं छः या सात वर्ष की थी पता चल गया था साथ ही इन बचपन की कड़वी यादों के साथ ही मैंने ऐसी कुछ लड़कियों को देखा जिनका जीवन बड़ा दुखी था। दुर्भाग्य से वेचारी विधवा थीं। मैंने अपनी आँख से उनके ऊपर अत्याचार देखे जो भी हो खास करके वे अत्याचार उनके परिवार के ही द्वारा थे और खासकर मुख्य भूमिका उनकी माताओं की देखी जिसके कारण उनकी यह दैनिय दशा हुई।

इस पुस्तक को लिखने की प्रेरणा मुझे उन्हीं दुख और मानसिक यातनाओं व वेदनाओं के कारण मिली। इन दुखों से मैं छः या सात वर्ष की आयु से ही आहत थी उनकी माँ दुर्भाग्यवश उन आहत लड़कियों के साथ खराब व्यवहार करती थी देख कर मन बड़ा ही दुखी, मनोविकारों से भर गया था। इन दुखी और असहाय लड़कियों पर अत्याचार होने का मुख्य विवरण मैं अलग से करूँगी उस समय लड़कियों की इतनी अच्छी हालत नहीं थी उनका शारीरिक, मानसिक या मनोवैज्ञानिक विकास पूरी तरह से रूका हुआ था। इसके अलावा लड़के और लड़कियाँ के भोजन में भी बड़ा अन्तर रखा जाता था। अतः लड़कियाँ यह सब देख कर, वह कहती कुछ न थीं पर देखती बहुत कुछ थीं, और लड़की अपनेपन को कोषती थीं।

दुध मुही बच्ची को अफिम खिला कर सुलाने के बहाने उन्हें मार देती थीं उस समय लड़कियों को मारना एक आम बात थी। 'लड़की मरे भाग्यवान की और लड़का मरे कमवख्त का'। इस कहावत की कितनी विडम्बना थी।

कौन कहता है कि मजदूरों, गरीवों और अछूतों (गाँव में जिनको पानी भरने के कुए भी अलग थे) की हालत खराब भी लड़की और महिलाओं की हालत उनसे भी कई गुना ज़्यादा बदूतर थी। एक महिला पति के साथ कितनी स्त्रियों के सम्बध दिखते थे लेकिन वो जुबान नहीं खोल सकती थीं' लड़कियों के साथ दोहरे व्यवहार ने तो मेरे बचपन को एक दुर्भाग्य का रूप दे दिया, अतः बचपन की यादें मेरे लिए एक डरावना सपना और कड़बी यादों के अलावा कुछ भी नहीं है। लड़कियों की सारी गतिविधियों पर प्रतिबन्ध था इस संदर्भ में मुझे एक कहानी याद आती है जो कि अन्दर तक मेरे दिल को छू गई थी। वह एक लड़की "नाम शोकिन" वो नन्नी बच्ची, 10 या 12 साल की थी केवल अपने पिता के कारण उसने बड़े दुःख झेले। और घर से बाहर नौकरी करने जाना पड़ा।

उस समय एक खास कहावत थी कि "दुहिता भली न एक, और भागना भला न वापसे" अतः लड़की एक भी अच्छी नहीं और माँगना वाप से भी अच्छा नहीं लेकिन आश्चर्य की बात थी कि माता पिता के लिए तो सब ठीक था केवल लड़की पर ही प्रतिबन्ध था। जबकी माँ भी उसी घर में आई भाभी भी लड़की ही थी लेकिन उसे वंश की वैल बढ़ाने वाली माना जाता है अतः यह प्रतिबन्ध उस पर नहीं थे। ये प्रतिबन्ध केवल अपनी ही लड़की पर थे।

लेकिन इसको ऐसा न समझा जाय कि उस समय लड़कियों के साथ खराब ही व्यवहार था। गाँव में तो अभी भी लड़कियों के साथ कोई अच्छा व्यवहार नहीं है। आज केवल मिडिया और कानून का डर है मिडिया बड़ा ही सजग है अतः लड़कियों को उसका आभारी होना चाहिए। लड़का घर का सरताज है और लड़की पिता के घर का कूड़ा इसीलिए उसके साथ

'आनर किलिंग' का नाम भी जोड़ दिया है। यह सब देख कर लड़की के दिल में तनाव और नफरत हो गई और इसके लिए बहुत कुछ लड़की की माँ ही जिम्मेदार होती है।

लेकिन अगर देखा जाय तो जहाँ माता समझदार होती है तो वहाँ सब कुछ ठीक ही रहता है लेकिन फिर भी बात तो अंत में वहीं रहती थी। लड़की का स्थान कुछ इस प्रकार था जब वह छोटी होती थी देखा जाये तो ठीक ही रहता था लेकिन जैसे ही माँ को पुत्र की चाहत शुरू होती थी, बस उसी समय से लड़कियों की स्थिति बदल जाती थी पुत्र की प्राप्ति के बाद लड़की, घर के काम करने की मशीन समझी जाती थी।

माता पिता का उद्देश्य था कि लड़की बस चिट्ठी लिखना जाने इसके लिए उसे घर का सारा काम करा कर ही स्कूल भेजा जाता था। खाने में स्कूल से लौटते समय उसे बिलकुल साधारण खाना मिलता था ताकि यदि उसका ज्यादा शारीरिक विकास हो गया तो माता पिता की उसकी शादी की चिन्ता बढ़ जायेगी। लेकिन एक प्रथा अच्छी थी कि अगर किसी का सम्मलित परिवार होता था तो लड़की पर काम का कम बोझ होता था क्योंकि उस परिवार में कुछ तो लोग अच्छे भी होते थे परन्तु अकेले माता पिता का परिवार तो लड़की के लिए काल था।

बचपन की इन कुछ यादों को याद करने को मन नहीं करता। माँ की तठस्थनीति पिता का बहुत गुस्सा शकुनी मामा की घर में बहुत चलती थी केवल इसलिए मामा सब से लड़ता भी था, पुलिस पकड़ के ले जाती थी मेरे पिता वहाँ के नामी आदमी थे या यों कहिये मामा को पुलिस से बचाते रहते थे। कतल, फौजदारी के मुकदमें मामा पर चलते ही रहे थे। और माँ का मामा से बड़ा प्यार था। पुलिस से बचाने में माँ की मुख्य भूमिका थी मेरी माँ की शादी इसलिए हुई ताकी बहन भी ससुराल में मामा को पुलिस से बचाती रहे। मुझे अपना मामा पसन्द नहीं था क्योंकि वह अकारण हमारे घर में हस्तक्षेप करता था हम पर डाट डलवाता था इसी आन्तरिक द्वन्द से मामा ने एक राजनीति खेली, और

मामी की सलाह से 13 वर्ष की आयु में मेरी शादी झूठ बोल कर करा दी अतः उसकी मामा की थोड़ी इज्जत हमारे घर में बढ़ गई थी। थी और अब रुतबा भी कायम हो गया था। मेरी शादी का एक कारण यह भी था कि मुझे अपने पिता से लगाव था और उन्हें मेरे पिता से नफरत थी उसको पुलिस से बचाने के बाद भी। अतः मेरे मामा मामी को मुझसे ईष्या हो गई थी। अतः दोनों ने मेरी शादी के लिए ऐसे तरीके किए कि वे लोग (मेरे ससुराल वाले) हिन्दुस्तान के महानतम इंसान, सबसे लायक और मेरे पति हिन्दुस्तान के सब में बुद्धिमान विद्यार्थी है और ससुराल में मामी ने कह दिया कि शादी में करोड़ों की सम्पति मिलेगी और (मेरे पिता से कहा कि वो मेरी ससुराल वाले) दहेज के खिलाफ है।

उस शादी ने मानों मेरा जीवन नरक से बत्तर कर दिया पता चला कि उन्होंने तो दहेज के कारण ही शादी की है और मैरे माता पिता दहेज देते नहीं थे। ससुराल में केवल झूठ ही था। कच्ची बुनियाद पर शादी थी और सबसे बड़े रोल में मेरी माँ थी मेरी माँ पड़े गर्भ से कहती थी अपने दामाद से मैं दो साल छोटी हूँ। सोचो पति कितने बड़े होंगे शकुनी मामा कहता था कि लड़का बहुत पढ़ा लिखा बहुत बड़ा अफसर बनेगा ऐसा लड़का मिलेगा नहीं शादी तुरन्त कर दो। पिता के घर से दहेज मिला नहीं अतः अब यह स्थिति थी कि मामा मामी के कारण माँ, मैंके में भी आने देना नहीं चाहती थी। और ससुराल वाले कहें कि बिना दहेज के इधर न रहो। अतः लड़की कहाँ जाये। एक बार मैं इस आशा से मैंके गई कि अब मैं कभी भी ससुराल नहीं आऊँगी लेकिन माता पिता ने पडिंत जी से कहलवाया कि तुम तुरन्त अपनी ससुराल चली जाओ बरना कुछ भी हो जायेगा। माता पिता ने कहा लड़की की शोभा ससुराल है उसकी अर्थी मैंके में नहीं ससुराल से जानी चाहिए अतः मेरी अर्थी माता पिता ने मेरी शादी पर ही तैयार कर दी थी।

अब तो इस ओर साकार का काफी ध्यान है पर सरकार को इस ओर और भी ध्यान देना चाहिए गाँव के प्रधान और सरपंच आदि को भी

अधिकार देंने चाहिए कि माता-पिता अपनी पाँचों उगलियों के साथ अन्नाय न करे, लड़के और लड़की में अन्तर न करें। ससुराल का लालच और मैंके की वेरूखी दोनों ने एक 13 साल की लड़की की जिन्दगी को अधर के अंधेरे में धकेल दिया, वहाँ दहेज की प्रताड़ना झेल रही थी अतः इस दुनियाँ में उसके लिए कोई भी कहीं भी स्थान नहीं था। लड़की भाग्य के व्यवहार से सब की वेरूखी झेल रही थी ऐसी हालत में थी कि उसके सारे सपने टूट गये थे।

शादी से पहले जब कभी लड़की शादी के बारे में सोचती थी कि वह जीवन कितना खुशहाल होगा। लेकिन जब सब कुछ टूट गया तो वह हताश थी। इसका मुख्य एक कारण कम शिक्षा और थोड़ी उम्र की शादी थी लड़की का जीवन परिपक्य नहीं था, शिक्षा भी कम थी पति की वेरूखी ससुराल को माता पिता का दहेज न देना, इन सबने उसे पगुर हताश और परेशानी में डाल दिया था। पिता की दुश्मनी के कारण मामा ने यह कांड रचा कि पिता उससे डरने लगेगा अपनी लड़की की शादी के कारण जब हर जगह से वह लारी तिरस्कृत हो गई तो उसने आत्म हत्या करने की कोशिश की लेकिन दो बार कोशिश करने पर भी वह नाकामयाव रही। क्योंकि जलने के उसे डर लगता था और पानी से भी उसे डर लगता था। लेकिन फिर उसने तीसरी बार प्रयास किया उसने सुना था थर्मामीटर के पारे के खाने से मर जाते हैं अतः उसने थर्मामीटर का सारा पारा खा लिया। उससे उसकी मौत तो नहीं हुई बल्कि शरीर में पिगमेट की बीमारी की शिकार हो गयी।

इसी दौरान हिन्दुस्तान की एक बड़ी हस्ती जिन्होंने एक संस्थान खोला था जहाँ मेरे पति भी टीचर थे उनका नाम श्री अच्युत पटवरधन था। माननीय स्व. अच्युत परटवरधन मेरी हालत देखते थे। अतः एक बार उन्होंने रास्ते में रोक कर मुझ से पूछा। 'तुम मेरी बेटी' हो मैंने कुछ नहीं कहा केवल आंखों से अश्रुधारा बहती रही, जवाब कुछ नहीं दिया इस पर उन्होंने सोच लिया कुछ भी ठीक नहीं है। उन्होंने कहा मुझे पता चला

है कि तुम्हारी सास और तुम्हारे जेठ के बच्चे तुम्हें बहुत परेशान करते हैं। और तुम्हारा पति सीधा है वह इस ओर तठ्स्त है अतः ध्यान ही नहीं रखता उन्होंने पूछा तुम क्या चाहती हो मैंने कहा 'मरना' उन्होंने कहा यह पाप है तुम अभी बहुत छोटी हो मेरा तुम्हारे लिए आर्शीबाद है तुम पढ़ाई शुरू कर दो इसी से तुम्हारे संकट दूर होंगे। केवल मैंने उसी महानुभाव के कहने पर पढ़ाई शुरू करी और फिर पीछे मुड़ कर नहीं देखा।

अतः मैंने पढ़ाई प्रारम्भ कर दी, मेरे जीवन में मेरे पति ने मेरे लिए एक ही पुण्य का काम किया कि उन्होंने मेरी पढ़ाई का खर्चा दिया। हालाँकी अपनी माता और परिवार के विरोध करने पर भी। पढ़ाई के दिन मैं कभी नहीं भूल सकती दो ट्रेरालीन की साड़ी और एक वाथरूप सीलीपर मेरे पास थे उन्ही से में चार किलो मीटर पैदल जाना और चार किलो मीटर वापस आना, यह मैंने किया, पता नहीं कैसे मैंने इतना झेला उस समय मैं कुछ नहीं सोचती थी सोच रही थी कि पहले पढ़ाई पूरी हो जाये अतः मुझे यह पता नहीं था कि सुबह नाश्ते की भी कोई जरूरत है। चार किलो मीटर चलने का एक कारण यह भी कि रिक्से वाला उस समय 75 पैसे लेता था रोज का 1.50 खर्चा जो मेरे पास नहीं था।

उस समय मेरी ऐसी हालत थी कि मैं अकसर एक सवाल लोगों से पूछती थी कि क्या आपने खाना खाया है क्या तुमने पेट भर कर खाना खाया है। उस समय मेरी हालत ऐसी थी कि मैं कुछ दिन के लिए अपने माता पिता के पास जाना चाहती थी अतः मैंने उनसे अनुमति माँगी उनके पास जाने की, साथ रहने की लेकिन इसके लिए माता पिता ने बिलकुल ही मना कर दिया।

लेकिन एक अभागी लड़की की भाँति अब मैं अपनी पढ़ाई में जुट गई। समय का पहिया चल रहा था और अब मैं M.A, Ph.D Russian Language आदि परीक्षाओं को पास करने में जुटी थी Ph.D का विषय I.C.S था अतः इसके लिए दिल्ली आना जरूरी था अतः मैं दिल्ली आई और मैंने बड़ी ही मुशकिल में Ph.D के साथ ही नौंकरी भी शुरू कर दी

M.A. मैंने लखनऊ विश्वविद्यालय से किया और वहाँ मेरी तीसरी पोजिशन विश्वविद्यालय में थी अतः दिल्ली में किसी तरह मुझे नौकरी मिल गई। इस नौकरी के लिए उन सभी की मैं अभारी हूँ जिन्होंने मेरा साथ दिया और मुझे Class II में नौकरी मिली अब मैंने दिल्ली में एक कमरा ले लिया अपनी छोटी बच्ची के साथ दिन में वह क्रेच में रहती थी। लड़की के विषय में मैं काफी परेशान थी क्योंकि इससे पहले मेरी एक बच्ची की मृत्यु हो गई थी, उसको दवाई और इलाज न मिलने से। मेरे पति के पास इतना पैसा नहीं था, कि उसका इलाज कराते उनके भाई के बच्चों की पढ़ाई जरूरी थी अतः उनके कारण लड़की का वलिदान कर दिया था कास अपनी लड़की का इलाज करा सकते क्योंकि महिने की उनकी तनख्वाह 150 रुपये थी वह अपने बड़े भाई के बच्चों की पढ़ाई कराने में परेशान थे भाई के तीन बच्चे उन्ही के पास पढ़ रहे थे अतः उनके भाई के बच्चों के कारण मेरी बेटी का वलिदान हो गया। मेरी लड़की की मृत्यु पर मेरी माँ या पिता मेरे दुख में शरीक नहीं हुए और दोनों ही नहीं आये। मेरे लिये ये दिल दहलाने की बात थी। अतः मेरी दूसरी लड़की को मैंने बड़ी से बड़ी सुविधा दी जितना मैं उस परिस्थिती में कर सकती थी यहाँ तक की उसकी education विदेश में कराई।

इसके अलावा मैंने डिफेन्स मन्त्रालय में आजाद हिन्द फौज रिकाड़ में चार साल नौकरी की। तथा 'मार्च डुवर्डसे फ्रीडम के पहले वोलूम' में कार्यरत रही वोलयूम आने पर पेरिस आरकाईवम ने हम स्टार्फ को बहुत सराहा। चार वर्ष मैंने दिल्ली प्रशासन में कार्य किया। वहाँ Associate Editor थी और बाद में Editor बनी वहाँ एक Vol. की Editing और दूसरा Vol. मेरे Supervision में निकला। मैं दिल्ली सरकार में स्वतंत्रता सैनानी ग्रथ की Editor थी और इसी को मिडिया ने बड़ा सराहा। मेरी अपनी Thesis I.C.S को ICHR ने प्रकाशित कराया।

इसमें अतिरिक्त चार साल मैं प्रधानमंत्री Office में Index Vol. की editor रही। वहाँ index Vols. तैयार किये लेकिन Print नहीं हुए। समय

नहीं था। प्रधान मन्त्री कार्यालय में मैंने बहुत अनुभव प्राप्त किया और बहुत काम किया। वहाँ के प्रशासन ने मुझे बड़ा सहयोग दिया।

इन्हीं सब दुखों को सुनियोजित चेष्टा में मैंने पुराने अनुभवों को याद करके कुछ लाचार वेसहारा लड़कियों को तथा समाज के मजदूर वर्ग को कहानी के रूप में इकट्ठा करके अपने और उनके दुखों को प्रदर्शित करने का प्रयास किया है। मेरी सबसे पहली कहानी ''चमेली की शादी है'' जो कि पृष्ठ 17 से प्रारम्भ है। इसमें इन्ही दुख की अभिव्यक्ति है।

1
चमेली की शादी

कुछ कहानियाँ घटनाएँ तथा हर आम आदमी के जीवन में उतार-चढ़ाव जीवन को पूरी तरह झकझोर देती हैं इस दुनियाँ में कुछ लोग बड़े भाग्य वाले होते हैं जिनको भगवान बुला-बुला कर देता है लेकिन कुछ लोग ऐसा भाग्य लाते हैं जिनको भगवान माँगने पर भी कुछ नहीं देता। **उपरोक्त से स्वतः** ही लग जाता है, कि इसमें जरूर कोई खास बात है। खास बात यह है कि अन्य कहानियों की भाँति यह कहानी भी पूर्ण रूपेण सत्यता पर ही आधारित है।

'चमेली' जब यह नाम रखा होगा शायद उस सुगंध रूपी फूल से तुलनात्मक होगा जिसकी महक सारे बातावरण को सुगन्धमय कर देता है। जिस फूल से आस पास का वातावरण भी कितना खुश गवार हो जाता है। लेकिन इस चमेली की खुशबू केवल कुछ ही दिन महकी। चमेली अपने माता पिता की पहली सन्तान थी। चमेली के बाद उसके दो भाई हुए जाहिर है कि वह भाग्यशाली है। उत्तर प्रदेश में उस लड़की को बड़ा भाग्यशाली समझा जाता है जिसके जन्म के बाद उसके दो भाईयों का भी जन्म हो अतः इस शुभ लक्षण के लिए वह भाग्यशाली बन गई। भाग्यशाली थी क्योंकि वह दो छोटे भाइयों की बहन थी। उत्तर प्रदेश एक छोटे ज़मीनदारों का प्रदेश है अतः वह अत्यन्त कमजोर पर अत्याचार करने में मशहूर है। लड़कियाँ कमजोर होती हैं अतः वो भी उनके अत्याचारों से अछूती नहीं रहतीं।

चमेली की उम्र जिस समय सात वर्ष की थी तभी से उसकी शादी की चर्चा शुरू हो गयी। एक और उस समय कुप्रथा थी शुद्धिकरण की जोकि माता-पिता के घर का शुद्धीकरण रहे तभी लड़की की शादी हो जानी चाहिए जो शादी उसके लिए दुखों का पहाड़ लाई थी शादी की

तैयारी भी होने लगीं पास के ही गाँव में चमेली की शादी तय हो गई। चमेली के पति का नाम राजाराम था जिनकी शादी के समय उम्र बीस वर्ष थी और चमेली की उम्र शादी के समय सात वर्ष थी। क्योंकि कि उस समय की माँये बड़ी उम्र के पति को कहती थी कि शास्त्रों में लिखा है कि पति लड़की से दुगनी उम्र का होना चाहिए। जबकि वह मातायें अपने हस्ताक्षर भी नहीं कर सकती थीं इतनी अनपढ़ होती थीं चमेली भी इन्ही रूढ़िवादी विचारों की शिकार बनी। चमेली की शादी की तैयारियाँ होने लगीं चमेली अपनी शादी, जिसका मतलव घर में एक उत्सव ही समझ रही थी यदि चमेली को शादी का मतलव पता होता तो वह कदापि तैयार न होती।

चमेली देख रही थी कि शादी क्या चीज है। घर महमानों से भरा है पकवान मिठाईयाँ आदि देख कर चमेली बहुत ही खुश थी। कपड़े और गहनों की थाली देखकर चमेली फूली नहीं समा रही थी। अब घर से एक आवाज सुनाई दी कि लड़की को फेरों के लिए तैयार किया जाये यह आवाज शाम को सात बजे की थी और फेरे संस्कार नौ बजे के ये इसी बीच में चमेली की माता को दुल्हे यानी राजाराम का टीका करना था आरती की थाली आई और चमेली की माँ ने मत्रों के उच्चारण सुनकर दुल्हे का टीका किया। कास उस माँ का अन्तरंग मन उस समय भी नहीं जागा जबकि वह उस लड़के के हाथ में बेटी का हाथ दे रही थी जो कि चमेली की माँ से भी शायद उम्र में पास ही था माँ के हाथ नहीं कापें, आरती की थाली जमीन पर गिरी क्यों नहीं, आरती के बाद चमेली फेरो संस्कार पर बैठी, घूंघट मे चमेली सोच रही थी कि यह इतना बड़ा आदमी कौन है, जिसके साथ मुझे आगे पीछे घुमाने को कहा जा रहा है। फेरो पर भी चमेली रोती रही कि 'मैं इस आदमी के साथ क्यों बैठी हूँ'। जैसे तैसे फेरो का काम पूरा हुआ। चमेली फिर से खुश हो गई। उस समय उत्तर प्रदेश में दो दिन बरात रूकती थी अतः तीसरे दिन बिदाई थी चमेली से फिर कहा गया अब जेवर कपड़ा पहनो अब तुम्हारी विदाई होनी है। चमेली ने विदाई का मतलव पूछा और जोर जोर से रोना शुरू कर दिया। यहाँ तक कि जो कुछ खास सामान चमेली के पास रखा था उसने उसे

भी फैंकना शुरू कर दिया। सब कामो के बाद रथ वाले से कहा तुम रथ चालाओ अब चमेली बिदा हो गई। गाँव से बाहर जैसे ही रथ निकला राजाराम भी चमेली के साथ रथ में बैठ गये। अब चमेली ने राजाराम' को मारना शुरू कर दिया यह कर कि माँ कहती है कि लड़के के साथ नहीं बैठो तुम लड़के हो स्थिति बड़ी ही खराब थी कोई नहीं समझ रहा था। सब लोग चमेली से परेशान थे। देखते-देखते रथ चमेली की ससुराल पहुँच गया। चमेली रो रही थी अपनी माँ को याद कर रही थी। खैर समझा बुझाकर चमेली बहु के रूप में चुप चाप बैठ गई। बीच-बीच में अपनी माँ को भी याद करती थी ससुराल में चमेली को अपनी अलग जिन्दगी दिखी, उसने ससुराल में जाकर बड़ी ही अपमानित जिन्दगी देखी उसने सोचा क्या करू अतः चमेली चुप रहने लगी। यदि कभी भी राजाराम उससे बात करने की कोशिश करते तो वह, चिल्लाती थी क्योंकि उसे यह लग रहा था कि यही आदमी मुझे इस जेल में लाया है।

अब भाग्य की माया देखिये कि राजाराम की तबियत खराब रहने लगी। अब तो ससुराल में चमेली का मुख्य काम बीमार पति की सेवा ही करना था गाँव में उस समय पति पत्नी का कोई खास कमरा नहीं होता था, पति पत्नी को साथ रहने का कोई खास स्थान भी नहीं होता था। यहाँ तक कि पति को अपनी स्त्री से मिलने के लिए भी चोरों की तरह कमरे में जाना पड़ता था, अतः चमेली से राजाराम की बात करना या देखना बिल्कुल चमेली की तरफ से मना था। क्योंकि चमेली को शादी का मतलब पता ही नहीं था। यहाँ पर चमेली ने अपनी माँ की आज्ञा का पूरा पालन अपने पति के साथ ही किया। चमेली की माँ कहती थी कि किसी लड़के के साथ बात नहीं करना चाहिए। माँ ने ही कभी यह न समझाया कि अन्य लड़कों की भाँति पति से रिश्ता अलग होता है।

अब कुछ दिन बाद चमेली अपने पिता के घर जाने की जिद्द करने लगी क्योंकि अब चमेली राजाराम की सेवा से थक चुकी थी। चमेली राजाराम को एक बीमार आदमी सोचती थी न कि अपना पति क्योंकि चमेली पति के रिश्ते का मतलब ही नहीं समझती थी। अब धीरे-धीरे

राजाराम की तवियत विगड़ने लगी। राजाराम एक परिपक्य आदमी थे और चमेली एक छोटी सी बच्ची थी। राजाराम को लगने लगा कि अब उनकी अन्तिम घड़ी पास ही आने लगी है। अन्तिम समय के बारे में राजाराम सोच रहे थे अतः वह चमेली से कुछ बात करना चाहते थे। लेकिन चमेली ने उनकी बात सुनने के लिए सिरे से नकार दिया। कुछ दिन ही बाद राजाराम इस दुनियाँ को छोड़ कर चले गये। उनके निधन से घर में कोहराम मच गया राजाराम चले गये। इस घटना से सब के ज्यादा प्रभावित चमेली थी लेकिन चमेली ने इसके बारे में जरा भी नहीं सोचा दूसरी तरफ चमेली बड़ी खुश थी, सोच रही थी इस आदमी की सेवा से मुझे मुक्ति मिली और अब मैं आसानी से अपने पिता के घर चली जाऊँगी। अब चमेली ने अपनी सास से पूछा अब मुझे मेरे घर भेज दो, इस पर चमेली की सास ने चमेली के मुँह पर जोर से तमाचा मारा और कहा कि अब तू हमेशा के लिए ही चली जायेगी यानी अब तेरा यहाँ कुछ भी नहीं रहा है। यह वह समय था जबकि विधवा का कुछ भी पति के बाद रहता ही नहीं था कुछ दिन बाद चमेली अपने पिता के घर चली गयी। लोगों को देख कर चमेली बिलकुल ही चुप चाप थी। वो सफेद कपड़ो में लिपटी थी जो कि बड़ा ही दर्दनाक नजारा था। अब चमेली कुछ भी नहीं सोच रही थी हाँ एक बात वो जरूर सोच रही थी कि अब उसे ससुराल जाना नहीं पड़ेगा। साथ ही यह भी सोच रही थी कि वो बड़ा आदमी चला गया। उसने यह कभी न सोचा कि अब उस पर दुखों का पहाड़ टूट गया है। और अब उसका भविष्य पूरी तरह अन्धकार मय हो गया है।

अब चमेली की गिनती अशुभ लड़कियों में होनी शुरू हो गई थी। सुहागन लड़की उसकी छाया से भी डरने लगीं थीं। अब वह एक विधवा लड़की थी। चमेली के परिवार में माँ बाप व दो छोटे भाई थे। धीरे-धीरे चमेली को अपनी ही माँ से यातनाएं मिलने लगीं। अब माँ को और भी लगने लगा कि चमेली का आकर्षण लड़को से न हो अतः अब उसकी पहरे दारी और भी बढ़ने लगी। चमेली को हिदायतें दी गई कि वो पूरी

तरह से गर्दन झुका कर चले। पिता चमेली को बहुत प्यार करते थे। और हर समय चमेली के साथ ढाल बने खड़े रहते थे। लेकिन चमेली का अब दूसरा दुर्भाग्य, उसके पिता के निधन से हुआ चमेली को मैके का सहारा खत्म होने लगा जब से उसके पिता का निधन हुआ, पिता की मृत्यु के बाद चमेली बिलकुल असहाय हो गयी। माँ पहले से ही चमेली को नापसन्द करती थी लेकिन चमेली के पिता हमेशा ही उसका साथ देते थे अब उसके लिए केवल दर्द ही था और कुछ न था।

कुछ समय बाद चमेली के भाई की शादी हो गई शादी के बाद चमेली की भाभी आ गई भाभी का मतलव शत्रुओं में एक और शत्रु की मात्रा बढ़ गई। अकसर भाभी नन्द में सदैव से ही वैमनश्य रहा है। लेकिन इस वैमनश्य में लड़की के साथ, माँ भी विरोधी थी। भाई अकसर बीबी के ही होते हैं शादी के बाद क्योंकि जो काम बीवी आती है बहन नहीं। अब चमेली कि भी चूगलियाँ शुरु होने लगीं उसमें उसकी माँ बराबर की हिस्सेदार थी। अब चमेली की मनोवैज्ञानिक स्थिति भी धीरे-धीरे खराब हो रही थी। और इसी मानसिक स्थिति में चमेली को गले में घेगा हो गया जो कि बड़ा ही भयंकर था साथ ही उसका इलाज भी नहीं हो रहा था। भाग्य की बात है कि जल्दी ही उसकी भाभी और उसकी माँ की भी मृत्यु हो गई। अब तो भाईयों ने उसका जीवन नरक बना दिया उसके दोनों भाई अकसर उसे मारते ही रहते थे। आश्चर्य की बात है कि सारा मोहल्ला या पड़ोस देखता जरूर था लेकिन इस अन्याय के प्रति कोई आवाज नहीं उठाता था।

अब धीरे-धीरे चमेली काफी बीमार रहने लगी। गले की बीमारी से तकलीफ बढ़ गई थी। यह देख कर गाँव के कुछ आदमीयों ने गाँव के वैद्य जी को बुलाया। वैदय जी ने कहाँ इसके गले में कैन्सर हो गया है। लेकिन इस बीमारी का नाम सुनकर भाई चुप रहे। उसका इलाज नहीं कराया बीमारी से वह खड़ी भी नहीं हो पाती थी लोग फुसफुसाहट में कहते थे इस नरक से और दुनियाँ की यातनाओं से ईश्वर इसे मुक्ति दे दे’ लेकिन जिन्दगी या मौत मनुष्य के हाथ में नहीं होती अगर यह हालत

उसके भाई की होती तो चमेली सब कुछ न्यौछावर कर देती भाई को बचाने के लिये, लेकिन बाहरे दुनियाँ मैका मतलब से मिलता है, मतलब नहीं तो कुछ नहीं''

पड़ोसी भाइयों के दुर्व्यवहार के लिए फुसफुस करते थे लेकिन सच्चाई कहने की हिम्मत किसी में न थी। उसकी हालत दिन पर दिन भंयकर हो रही थी लेकिन अब भी वह विलकुल बेसहारा लाचार और वेबस थी। लेकिन ईश्वर भी हर एक का साथी है सारा मौहल्ला उसकी मौत की दुआ माँग रहा था मौत नहीं थी लेकिन एक दिन वह शुभ घड़ी आ ही गई। पता नहीं मरते समय वह भूखी थी या प्यासी थी। उसको कोई पानी देने वाला भी नहीं था। चमेली ने पानी-पानी देना कहा था, किन्तु उसकी आवाज को अनसुना कर दिया गया। काश कोई भी उसे देखने वाला होता। तो शायद वह इस नरक में न रहती किन्तु 'आज' शायद ईश्वर ने उसे मुक्ति दे दी। सुबह चमेली उठी नहीं। भाई ने गालियाँ देनी शुरू कर दी कमचोरी उठेगी क्यों उसके जोर-जोर से बोलने के कारण पड़ौसी आये उन्हें भी कुछ सन्देह लगा वह रात दर्द में बड़ी कराह रही थी देखना चाहिए। एक पड़ौसन ने चमेली के ढ़के मुहँ को उघाड़ा कपड़ा हटाया और कहा ''अरे यह तो चली गई''

पड़ौसी कहने लगे ''बैचारी ने बड़ा ही दुख उठाया अच्छा हुआ नरक से मुक्ति मिली, लेकिन जब तक वह जिन्दा रही किसी भी पड़ौसी ने मुँह खोलने की हिम्मत नहीं करी। इस पाप में पड़ौसी भी बराबर के हिस्सेदार हैं। झूठ और सच पाप और पुण्य में उन्हें कोई अन्तर नहीं दीखता। यह एक लाचार लड़की की सच्ची कहानी है। आँखों देखी है। कानौं सुनी नहीं है इस कहानी से मैं स्वंय अन्दर तक झटक गई थी। जब मैंका समझता है कि लड़की हमारे काम की है तो वह बड़ी अच्छी है सर्वगुण सम्पन्न हो जाती हैं। जब उससे कोई फायदा नहीं तो उसे गुस्से वाली का तगमा देकर नरक में धकेल देते हैं। यह नरक माँ से शुरू होता है और मामा इसका अन्त कर देता है। चन्दा देने वाले इसमें 'विलिन' और भी बहुत

होते हैं लेकिन मुख्य माँ और विलिन मामा ही होता है। चमेली की शादी भी मामा ने ही कराई थी।

लड़की का स्थान कुछ नहीं केवल मैंके के लक्ष्यों की पूर्ति में ही इस्तेमाल होता है। इस ओर सरकार को भी गाँव के प्रधानों व सरपन्चों को भी इस तरह कि हिदायतें देनी चाहिए ताकी इस मैंके दहन से लड़कियों को मुक्ति मिले साथ ही लड़कियों को भी यह हिम्मत रखनी चाहिए कि मैंके को मुँह तोड़ जबाव दे सकें यही इस कहानी का सार और प्रयास है।

2
आचुकी

यह कहानी राजस्थान के 'गणेश' कि है जो पूरी तरह सत्यता पर आधारित है। एक आदमी जिसका नाम गणेश था। गणेश मेरे पिता के घर नौकरी करता था। राजस्थान में उस समय अकाल पड़ा था। गणेश बड़ा ही नेक दिल इन्सान था, बड़ा समय का पाबन्द था। कुछ दिन से गणेश समय पर नहीं आ रहा था। गणेश से पूछा क्या बात है? आज कल समय से नहीं आ रहे हो गणेश ने बड़े शरमाते हुए कहा घर वाली किसी हाल से है। मैंने कहा तीन लड़कियाँ पहले से हैं उसने कहा लड़के बिना मुक्ति नहीं होती है। मैंने कहा अगर अब भी लड़की हो गयी तो गणेश ने कहा अगर ऐसा होता है तो मैं उसका नाम 'आचुकी' रखूँगा। 'आचुकी' के बाद अवश्य हो लड़का होगा आचुकी का अर्थ अब लड़की नही आयेगी मैंने स्वयं भी बड़ी प्राथना ईश्वर से करीकि उसकी मनोकामना पूरी करना।

लेकिन एक दिन गणेश नहीं आया दूसरे दिन जब वह आया तो मैंने पूछा क्या रहा उसने कहा 'आचुकी' आ गई है, लेकिन फिर भी गणेश बड़ा ही कमपोस, व धैर्यवान दिख रहा था। गणेश का धैर्य टूटा था लेकिन फिर उसने अपने आप को सम्भाला क्योंकि पंडित जी ने उसे बताया था कि यह लड़की बड़ी ही भाग्य शाली है। और इसलिए गणेश ने उसका नाम आचुकी रखा जिसका मतलब था अब लड़कियाँ आचुकी हैं अब केवल लड़का ही आयेगा फिर भी 'आचुकी' का पिता गणेश उसको बहुत प्यार करता था क्योंकि पंडितों ने उसे भाग्यवाली लड़की बताया था। लेकिन गणेश की कुछ ही दिन बाद तबियत काफी खराब हुई और उसका बचना कठिन हो गया। गाँव वालों ने आचुकी से दूरियाँ बढ़ानी शुरू कर दी क्योंकि उसे भाग्यहीन मानने लगे गणेश बहुत बीमार था आचुकी

अकेले खेलती थी बच्चे अकसर उसे मारते थे। लेकिन ईश्वर की कृपा और गणेश का शहर में इलाज कराना धीरे धीरे गणेश ठीक हो गया। अतः अब फिर से आचुकी भाग्यवान लड़कियों में आने लगी पिता ठीक हो रहा था तो आचुकी के दिन भी ठीक हो रहे थे समाज भी आचुकी को प्यार करने लगा था। गाँव का माहौल था लोग टोने टोटके में विश्वास करते हैं तभी वो आचुकी की निन्दा करते थे, लेकिन अब वो उसे भागमरी कहने लगे।

धीरे-धीरे आचुकी बड़ी होने लगी और उसमें कुछ बदलाव स्वभाविक रूप से आने लगे। अब आचुकी को अपने उम्र के लड़को में भी रूचि होने लगी जैसा कि उस समय लड़कियाँ या दोनों एक दूसरे से आकर्षित होते ही हैं इसका मुख्य कारण उनके घर का माहोल भाई बहन में भेदभाव आदि है। कभी-कभी वो बड़े साफ मन से भी यदि लड़की लड़के से मिलती है तब भी समाज शक करने लगता है अतः आकर्षण और भी बढ़ जाता है। लड़की के विगड़ने के मुख्य कारण माता पिता के सम्बन्ध हैं। अतः लड़की कहीं न कहीं कुछ अलग ही सोचने लगती है। बड़ों की और खास कर रिश्तेदारों की अनचाही मदाखलत उसको चोपट ही कर देती हैं। जैसे बड़े कहते हैं कि 'एक समय हमारा था' इस शब्द को भी बदलना चाहिए। इन्ही सब बातों से आचुकी अपने परिवार से ही झूठ बोलने लगी और दूरियाँ बढ़ गयी। परिवार के बजाय वह अपने लड़के मित्रों को ही अपना समझने लगीं। धीरे-धीरे लड़के मित्रों से उसकी नजदिकियों बहुत ही ज्यादा बढ़ गई।

यह सब देखकर परिवार को उसकी शादी की बात समझ में आई परिवार सोचने लगा अब आचुकी को वो चाहिए जिसे हम नहीं दे सकते। जैसे ही परिवार ने उसकी शादी का प्रस्ताव रखा आचुकी ने बिलकुल मना कर दिया बहुत पूछने पर पता चला कि आचुकी किसी और से प्यार करती है और अब आचुकी माँ बनने वाली है। गाँव परिवार समय की बात शिक्षा की कमी सभी झूठी मान मर्यादा की कगार पर खड़े हो गये। यह सब देखकर परिवार यानी माता पिता सगे सम्बन्धियों को आचुकी को मारने की युक्ति आई। आचुकी की अपनी जिद्द और परिवार की झूठी

शान के कारण जबकी आचुकी का परिवार गरीब था और उसका लड़का मित्र, उसकी तुलना में अमीर भी था और जाति में उससे बड़ा भी फिर भी शादी करने को तैयार था। लेकिन परिवार को लगा शादी के बजाय उसको मारना ही बेहतर है।

अब सवाल यह उठा कि आचुकी को कैसे मारा जाये और क्या तरीका तथा कौन इसे मारे। पिता ने कहा मैं उसको बहुत प्यार करता था मैं उसे नहीं मार सकता। जो आचुकी इतनी भाग्यवान समझी जाती थी उसी को आज मारने की तैयारी होने लगी थी यह तय हुआ कि आचुकी में गोली मारनी है पिता ने मना कर दिया लेकिन चाचा ने अपनी बहादुरी दिखाते हुए कहा मैं इसमें गोली मारूँगा। तथा चाचा ने गोली मार दी और आचुकी के दुखों का अन्त हो गया। जब से आचुकी दुनियाँ में आई तभी से समाज उसे भाग्य और दुर्भाग्य के हिडोले में झुलाता रहा कभी वह भागमरी बनती थी तो कभी वह अभागन बन जाती थी। लेकिन जिस परिवार में वह लड़की के रूप में आई थी तभी से वह शुभ न थी और जब वह दुनिया से गयी तो रूप बड़ा ही भयावह था।

अतः हमारे समाज में बातें चाहे कितनी बड़ी करें लेकिन लड़की के जन्म पर खुशी नहीं होती और यह समझा जाता है कि अगर कोई बच्चा न हो उससे तो लड़की काफी अच्छी होती है। जबकी इस दुनिया में लड़कियों ने लड़कों से भी ज्यादा बड़े काम किये हैं। देखा जाये तो लड़के के स्थान से लड़की का कद कहीं बड़ा है लेकिन अभी इसमें बहुत ज्यादा सुधार करने की जरूरत है। फिर भी कानून और मिडिया का बड़ा भयंकर डर है जिससे सभी लड़कीयों का स्थान समाज में बना है। यदि पुत्र से यह गलती होती तो गोली मारने में हाथ काँपते लेकिन लड़की की एक साधारण सी बात पर कुछ भी हो सकता है। लेकिन अब लोग व समाज कोशिश कर रहे हैं कि लड़की इस अन्धे समाज के चंगुल से छूटे। यह देखने की बात है कि लड़की कितने जुल्म सह रही है। उपरोक्त शीर्षक में यही सच्चाई है। लेकिन पहले से उसकी हालत बहुत बेहतर है। शायद माता पिता भी पहले से ज्यादा ध्यान रखते हैं और यह बढ़ती शिक्षा का ही परिणाम है।

3

माया

यह उस समय की बात है जबकि लड़कियाँ परिवार के लिए एक दुर्भाग्य ही समझी जाती थीं। लड़की का काम था कम बोलना कम खाना और ज्यादा काम करना होता था, उसके बारे में गाँव ने एक कहावत सी बना दी थी। कि बाप की बेटी, गुदड़ लपेटी (अतः अच्छा कपड़े पहनने का उसे अधिकार नहीं था)

खायेगी रोटी (अतः उसे केवल रोटी ही खानी चाहिए)

होयगी मोटी (मतलव वो इसी से मोटी हो जायेगी) लड़की ईश्वर की तरफ से एक अनचाही जिम्मेदारी थी। लोग कहते थे कि लड़की मरे भाग्यवान की और लड़का मरे कमवख्त का। लड़कियों को जीने का हक नहीं था। कभी-कभी नन्हे बच्चों को सुलाने के बहाने महिला ही उसे अफीम दे देती थीं बच्ची सोती ही मर जाती थीं। और बाद में पण्डितों से पूजा करा दी जाती थी, पाप मुक्ति हो जाती थी, दुर्भाग्य से यह सारे काम औरत ही करती थी। अतः तुलसी दास का यह कहना कि

"नारी ना मोहे नारी का रूपा" उस समय बेटी को अच्छी माँ मिलना बड़े भाग्य की बात होती थी।

यहाँ तक कि लड़के और लड़की के खाने में भी काफी दुभांत होता था। लड़की के लिए यह कहावत चरितार्थ थी कि दुहिता भली न एक' अतः लड़की एक भी अच्छी नहीं होती सोचो लड़का कहाँ से आया यदि लड़की न होती तो लड़का कहाँ से आता। पिता के घर उसका कोई भी अधिकार नहीं था और नहीं अब है। बेटी की खुराक उतनी पौष्टिक नहीं होनी चाहिए जितनी की लड़कों को उसे बिना इजाजत किसी से बात

करने की आजादी नहीं थी लड़की को माँ की यह भी हिदायत थी कि जब तुम रास्ते में चलो तो बिना ऊपर देखे चलना। उसका खाना पीना बोलना सब कुछ माता पिता व नजदीकी रिश्तेदारों की दया दृष्टि पर निर्भर करता था। माँ बाप, नजदीकी रिस्तेदार व समाज के ठेकेदारों व रिश्तेदारों के हाथ में लड़की का सारा जीवन था। जिस प्रकार उसका जीवन चलना था वह इस प्रकार है। शादी से पहले पिता का अकुंश जवानी में ससुराल का था खास कर सम्मलित परिवार का तथा बुढापे में बेटे का अगर बेटा, नहीं तो बेटी भी अपना अकुंश रखना चाहती थी। इस लाचारी की कहानी वह किसको सुनाए। उसकी यही कहानी थी और चलेगी, उसके भाग्य में अन्तर हो सकता है लेकिन सम्पूर्ण मुक्ति कभी, नहीं मिलेगी। उसको बोलने का हक नहीं है। बरना उसके सारे शत्रु सामने खड़े हो जाते हैं। अतः माया भी इन्हीं रूढ़ी वादी विचारों की शिकार रही और उसको इस दुनिया से ही हटा दिया; उसके पति ने निधन के बाद।

यह उसके लिए एक सती का रूप दे दिया। उसके घर में आग लगी उससे एक लड़के ने पूछा कि तुम कैसी हो उसने कहा जल्दी निकालों मेरा दम घुटा जा रहा है यह सुनकर उसके देवर के लड़के ने उसकी गरदन ही घोट दी और वह मर गई तथा उसको एक सती का रूप दे दिया गया। कहा जब से इसका पति दुनिया से गया यह तभी से मरना चाहती थी। लेकिन पाप कितने ही शातिर ढंग से करे पता चल ही जाता है। किसी अपने मित्र से मारने वाले ने कहा मैंने गर्दन दबा दी थी। यह कैसा पाप था। जिसको समाज ने पूछा भी नहीं केवल कानाफूसी होती रही अतः उसको सती का रूप देकर समाप्त कर दिया गया।

4

माधुरी

इस कहानी के पात्र का नाम बदला है वरना यह कहानी अक्षर से अक्षर सत्य है।

माधुरी बड़ी ही सुन्दर लड़की थी, तीन बहनों में सबसे बड़ी बहन थी भाई कोई नहीं था। माधुरी के पिता छोटे तबके के एक जमींदार थे। पहले से ही किसान और जमीनदारों में अकसर जमीनों पर लड़ाई झगड़े चलते ही रहते थे। माधुरी के पिता का कुछ किसानों से झगड़ा हुआ उस झगड़े ने एक भयंकर रूप धारण कर लिया उस झगड़े में दो किसानों की मृत्यु हो गई।

उस समय अग्रेजों का राज्य था और नियम भी बड़े कठोर थे मृत्यु का मतलब उस सयम फाँसी थी। माधुरी के पिता गिरफतार हो चुके थे और उन पर मुकदमा चल पड़ा था। अंग्रेजों का समय था उस समय जानकारी इकट्ठा करनी कठिन थी अतः माधुरी के पिता के मन में केवल अपने स्वार्थ के लिए यह युक्ति आई कि उनकी विरादरी के एक व्यक्ति प्रेमसिंह मजिस्ट्रेट थे उन्होंने सोचा बेसक लड़की की जिन्दगी दाव पर लग जाये लेकिन उन्हें जेल या फाँसी से मुक्ति मिल जाए। साथ ही प्रेमसिंह टी.वी. के बीमार थे और उस समय टी.वी. की बीमारी लाईलाज थी। टी. वी. का मतलब उस समय मौत ही था क्योंकि डॉक्टरी पेशा इतनी उन्नति पर नहीं था। बीमारी के कारण प्रेमसिंह की शादी भी नहीं हुई थी। अब माधुरी के पिता ने पूरा सोचा और समझा और किसी जानकार के साथ प्रेमसिंह के पास पहुँच गये। सबसे पहले उन्होंने प्रेमसिंह से रिश्ते के विषय में कहा फिर शादी का प्रस्ताव रखा। माधुरी बहुत ही सुन्दर थी अतः प्रेमसिंह भी मना न कर पाये और शादी की हाँ कर दी।

माधुरी के पिता को जब लगा कि काम बनने वाला है तो उन्होंने अपने मुकदमें के विषय में भी कहना शुरू कर दिया। प्रेमसिंह को सोचने में देर न लगी कि इनका उद्देश्य क्या है। क्योंकि प्रेमसिंह और माधुरी एक ही जाति के थे। लेकिन फिर भी मनुष्यता के नाते प्रेमसिंह ने कहा कि आप अपनी लड़की का भविष्य दांव पर न लगाये' मेरी जिन्दगी का भरोसा नहीं है। लेकिन फिर भी प्रेमसिंह की एक न चली और माधुरी के पिता ने जब माधुरी की शादी की शुरूवात करी, तो प्रेमसिंह ने कहा मैं आपके मुकदमें में आपकी मदद कर दूंगा लेकिन फिर भी पिता, लाख मना करने पर भी नहीं माना। माधुरी का जीवन दाव पर लग रहा था उसका पिता अपने स्वार्थ में पूरी तरह शादी के लिए तैयारी कर रहा था।

लाख बाधाओं पर भी शादी हो गयी। शादी के कुछ ही दिन बाद प्रेमसिंह को टी.वी. का भारी दौरा पड़ गया। लेकिन फिर भी प्रेमसिंह ने उनकी मुकदमें में बड़ी मदद करी। लेकिन वही कहावत 'आदमी बनाये परमात्मा ढ़ाये' सच्ची सावित हो गई माधुरी की शादी हो गयी प्रेमसिंह के फेफड़ो ने काम करना बन्द कर दिया इधर माधुरी के पिता को भी जेल हो गयी। जिसके लिए उन्होंने इतनी सुन्दर लड़की को दाब पर लगाया था और उसका भी कुछ न रहा। माधुरी तीन महीने में विधवा बन गई पति की मृत्यु हो गई और माधुरी के पिता को जेल हो गयी। पिता का स्वार्थ भी माधुरी के पति को बचा न सका। क्योंकि माधुरी के पिता बड़े भाग्यवादी थे लड़की के लिए उन्होंने कहा था कि "किसी विद्वान की पत्नि यदि कुछ दिन भी सुहागन रहे तो वह उससे अच्छी है जो कि एक लम्बे समय तक मूर्ख की पत्नी-बनी रहे।" वैसे उस समय के माता-पिता की यह खासियत थी कि जितना बेकार दामाद उतनी ही उसकी तारीफ की जाये। जिसमें समाज उन पर उँगली न उठाये और समाज यह न पूछने लगे कि ये आपने अपनी लड़की के साथ क्या कर दिया। अतः माता-पिता पहले ही डींग मारनी प्रारम्भ कर देते थे। कुछ माता-पिता तो अपने खास सम्बन्धीयों के कारण लड़की की ससुराल व दामाद की योग्यता के ही चर्चे करते थे। क्योंकि कुछ भी हो समाज हमेशा बुराईयों के साथ नहीं रहता था इसी डर से माता-पिता तारीफों के पुल बाधना शुरू कर देते थे।

कुछ दिन बाद माधुरी के ससुराल वालों ने भी उसे निकाल दिया माधुरी की माँ तो माधुरी की शादी के कुछ दिन ही बाद खत्म हो गयी। जेल के कारण पिता भी बीमार रहने लगे और उनकी भी मृत्यु हो गई। अब माधुरी इस दुनियाँ में अकेली थी पिता के परिवार वाले उसे बहुत तंग करते थे। अतः इन्ही मानसिक वेदनाओं से माधुरी बहुत ज्यादा बीमार व असहाय हो गयी।

लेकिन माधुरी के पास काफी सम्पत्ति थी जेवर आदि अतः उसके एक दूर के रिश्तेदार ने उसे सद्भावना दिखाई और उससे पूछ कर वह उसे लेने आ गया। उसने कहा मौसी तुम मेरी माँ से ज्यादा हो मैं तुम्हें इस हालत में नहीं छोड़ सकता, उसने माधुरी को बाध्य कर दिया और अपने साथ, ले गया रूपये गहने व जेवर के साथ। माधुरी चली गई। लेकिन जैसे ही माधुरी घर से चली। रिश्तेदार की नजर में कुछ बदलाव सा दीखने लगा कुछ दूर चलकर रिश्तेदार (मनोज) ने कहा, मौसी हम गंगा नहाने चले। माधुरी ने मना किया कहा कि "मेरी तबियत ठीक नहीं है मैं घर जल्दी ही पहुँचना चाहती हूँ, लेकिन वह नहीं माना अब माधुरी को आभास होने लगा कि इसके दिल में खोट है। वह नहीं माना और गंगाघाट पर पहुँच ही गया माधुरी ने देखा मनोज चारों तरफ क्या देख रहा है यह गंगा में स्नान क्यों नहीं कर रहा। माधुरी ने कहा तुम नहाते क्यों नहीं। उसने कहा तुम्हारे नहाने के बाद मैं स्नान करूँगा और मौसी को आगे ले जा रहा था। लेकिन मौसी आगे नहीं जाना चाहती थी। लेकिन वह उसे आगे जवरदस्ती ले गया और मौका देखकर उसने मौसी को बड़े जोर से धक्का मारा और माधुरी बुरी तरह चिल्लाती रही। माधुरी ने कहा तुमने यह क्या किया, सबके मना करने पर भी मैं तेरी शरण में चली आई थी, तूने धोखा दिया। अतः उस दुखियारी की जीवन लीला पिता के प्रताप से समाप्त हो गई। कहानी में केवल पात्रों के नाम ही बदले हैं वरना कहानी का एक एक शब्द पूरी तरह सही है सच में दुनियाँ की रीति है कि वक्त कम ही दुखभरी के साथ चलता है।

5

पारबती

कुछ जगह की यह विशेषता है कि लड़की के मैंके वाले उसको शादी से पहले उसके नाम मान, सम्मान सभी को विगाड़ देते हैं। शादी से पहले उसको पूरे प्यार में अपमानित करते हैं। जैसे यदि किसी लड़की का नाम पारबती है तो उसको पारो परेमिया आदि आदि नामों से पुकारते हैं। यह प्यार में उसको बेइज्जत करते हैं। लेकिन लड़की की शादी के बाद उसके सम्मान में चार चाँद लगाने का प्रयास करते हैं। और फिर उसे उन बेज्जत नामों से न पुकार कर उसे सीधा पारूमिता के नाम से ही पुकारने, का प्रयास करते हैं।

बचपन में पारबती बड़ी ही सीधी साधी लड़की समझी जाती थी यहाँ तक कि कुछ लोग तो उसे बावली बोलते थे। पारबती का बचपन बड़ा ही अच्छा बीता माता पिता की पहली सन्तान हृष्ट पृष्ट सुन्दर सुशील थी पारबती बड़ी होने लगी अतः उसकी शादी की चिन्ता, भी शुरू हो गयी। उसको जो लड़का शादी के लिए मिला वह भी उसी की भाँति शरीफ था बात यह थी उसका पति बिलकुल अकेला था। उसके माता पिता मर चुके थे और भाई बहन कोई नहीं था। पारबती की शादी उस लड़के से हो गई। शादी के बाद पारवती ने एक बेटी को भी जन्म दिया अब कुछ दिन बाद पारबती अपने पिता के घर गई। पारबती का पति उसको लेने गया। उसके पति का नाम रामलाल था, रामलाल को जाते समय रास्ते में कुछ खासी बुखार हुआ ससुराल पहुँचते-पहुँचते उनको काफी बुखार था। अतः ससुराल में पहुँचकर भी वो बीमार ही रहे। गाँव के वैद्य जी को बुलाया उन्होंने कहा ठीक हो जाँयेंगे लेकिन 'रामलाल' दिन पर दिन ज्यादा ही बीमार होते गये धीर-धीरे उनकी हालत खराब होती गयी। अब

गाँव के वैद्यों ने जबाब दे दिया। वो समय बड़ा खराब था मेडिकल मदद न के बराबर थी। एक रात उनकी हालत इतनी खराब हो गयी कि बस अन्तिम समय लगने लगा, इसी समय पारबती ने रामलाल को देखने की इच्छा की लेकिन उस रूढ़िवादी समाज ने बड़ी मुश्किल से स्वीकार किया कि अन्तिम समय पर वह अपने पति से मिल सके। किन्तु किसी भी तरह वह मिलने गई तो रामलाल ने अन्तिम समय, पारबती से कहा "मैं बेबस हूँ" जो कि एक आम बात होती है और अन्तिम बिदा ले ली। अब पारबती का सब कुछ लुट गया, वो एक विधवा बन गयी जो कि समाज का एक कलंक समझा जाता था। रामलाल के घर कोई नहीं था अतः सारे अन्तिम सस्कार ससुराल में ही किये गये। और कुछ समय बाद पारबती अपने माता पिता साथ ससुराल चली गयी। अतः यहाँ भी माता पिता ने लड़की से फायदा ही उठाया। एक मजबूर लड़की की दूसरी शादी न करके माँ बाप ने लड़की के ही घर रहना ठीक समझा, लड़की हर जगह वेसाहारा और मजबूर दिखी। साथ ही पारबती की तुलनात्मक आलोचना होने लगी इससे पारबती और भी दुखी हो गयी। इस तुलनात्मक आलोचना में भी शोषित दुभार्ग्य ही था। पारबती की एक साल की बच्ची थी वो भी चली गई। अब पारबती पूरी तरह से असहाय थी। अब माता पिता ने दूसरी युक्ति सोची यह सोचा कि इसके मकान और जमीन बेच दी जायें यह हमारे ही साथ रह लेगी पारबती अनपढ़ सीधी थी वरना यह करा सकती थी कि मेरे लिए एक छोटा मकान लेलो और मेरा सारा पैसा वैंक में डाल दो ताकी मैं अपनी बची जिन्दगी बसर कर सकूँ; लेकिन जो माता पिता कहते रहे वह वही करने लगी ताकी मैंके का परिवार नाराज न हो जाये। माता-पिता ने इस पैसे से दूसरी लड़की की शादी करी और बचा पैसा घर की उन्नति में लगाया।

कुछ दिन बाद माता पिता दोनों ही चल बसे और वो अधर में लटकी रह गई माता पिता के जिन्दे रहते हुए भाई भाभी उसको बहुत इज्जत और प्यार देते थे लेकिन इन दोनों ने उनके जाने के बाद अपना रंग दिखाया भाई भाभी से बहुत डरता था अतः धीरे-धीरे पारबती का

जीवन नरक बन गया। भाई साल में कुछ आनाज दे देता था, और भावी गालियाँ इस घटना को मैंने अपनी आँखों से देखा। वो इतनी परेशानी में थी कि ब्यान मुशकिल है अतः लड़की के लिये माता पिता का इतना घटिया कत्तर्व्य था कि उस लखपति लड़की को चौराहे पर लाकर खड़ा कर दिया जो कदापी ठीक न था।

शायद यदि उसके पिता ये गलती करते तो वो उनके साथ में खड़ी होती और उनके साथ ऐसा व्यवहार न करती अतः यदि लड़की सीधी है बिना पढ़ी है तो माता पिता यह व्यवहार न करें काश मैंके वालों की ऐसी मानसिकता न होती वो वह अपने बचे जीवन को ठीक से काट सकती थी। ऐसी लड़कियों के लिए गाँव के प्रधान को भी अवश्य देखना चाहिए ताकि स्त्री का मनोबल ऊचाँ उठ सके।

6

हमीदा बेगम

हमीदा की कहानी सच में दिल दहलाने वाली सच्ची कहानी है। हमीदा बचपन से ही बड़ी हिम्मत वाली लड़की थी। काफी अच्छी लड़कियों में थी। हमीदा दो भाईयों की बहन थी। हमीदा बेगम का बचपन अच्छा ही रहा था। शादी समय रहते हुए हो गई थी। शादी के कुछ सालों बाद हमीदा के पहला बच्चा, लड़की ने जन्म लिया। घर में खुशी का माहौल था। हमीदा के लड़का न होकर लड़कियाँ ही होती रहीं जब हमीदा के छटवीं लड़की हुई तब घर में मायूसी का माहौल हो गया पुराना समय था लड़कियों को कोई अधिकार न था अतः अब हमीदा को भविष्य की चिन्ता होने लगी।

हर समय और हर एक लड़की के जन्म के समय हमीदा क्या सोचती थी और क्या हो जाता था। वो लड़का सोचती थी लड़की हो जाती थी। हमीदा की छठवीं लड़की के समय हमीदा की किस्मत उससे रूठने लगी। असली समस्या तो तब आई जब हमीदा की छटवीं लड़की के जन्म के कुछ ही दिन बाद हमीदा के पति का स्वर्गवास हो गया। काश यह न होता तो आगे की दुखभरी कहानी शुरू न होती पति के स्वर्गवास से हमीदा टूट गई क्योंकि अपने पीछे हमीदा के पति छः लड़कियों की जिम्मेदारी छोड़ गये थे इतनी बड़ी जिम्मेदारी को उठाना हमीदा के लिए पहाड़ को तौड़ने के बराबर था। अब तो फिर भी ठीक है लेकिन उस समय लड़के की जरूरत समाज के लिए बड़ी जरूरी समझी जाती थी आज भी समाज नारी को परेशान करता है लेकिन आज फिर भी कानून और मिडिया कुछ न कुछ सहायता करते हैं उस समय वह असहाय थी। क्योंकि अनजाने या जानकर लड़के की वजह से नारी में लड़ने की हिम्मत होती है। लड़का कुछ न करे औरत फिर भी असहाय नहीं होती। समाज

उस पर अत्याचार करने से पहले दस बार सोचता है कि यह महिला अमुख लड़के की माँ है आदि आदि। और उस अमुख' नाम से लोगों मे शरम की भी सोच उभरती है।

हमीदा के साथ भी कुछ ऐसा ही हुआ। लड़की स्वतन्त्र हो गई उनके भाई पहले ही से नहीं था पिता अब चले गये और माँ यानी हमीदा मानसिक तौर से कमजोर हो गई। कुछ समय बाद जैसे तैसे हमीदा ने सारी लड़कियों की शादी कर दी। शादी के बाद उसकी ही लड़कियों में हमीदा के लिए बदलाव देखा गया हमीदा और भी टूट गई लड़कियों में बदलाव देखकर। केवल छटवी लड़की के व्यवहार में हमीदा के लिए बदलाव नहीं आया। हमीदा के पास काफी जमीन थी अतः पाँचों लड़कियों और रिश्तेदारों की नजर उसकी जमीन पर ही थी। देखते देखते सारी जमीन उसके जेठ के लड़के ने ही हथियाली अब हमीदा पूरी तरह असहाय थी। मैंने स्वयं देखा कि वह एक बड़ा सा कटोरा लेकर गाँव में घर - घर माँगने जाने लगी। जिसका मन होता था दे देता वरना कहते थे "जा यहाँ से" कौन है "अरे वही हमीदा" मैंने उसे भगा दिया अच्छा करा सच यही उसका हाल था।

लेकिन कभी-न-कभी ईश्वर सुनता ही है। 1960 के आस पास चकबन्दी व्यवस्था का कानून आया उस कानून के हिसाब से जिसने भी दादा लाई जमीन हथियारली थी सरकार उस जमीन को उसके मालकिन मालिक को ही दिलवा रही थी इस सरकारी प्रवंध ने बहुत से गरीबों को जमीन वाला बना दिया अतः हमीदा के पति की काफी जमीन थी जो लोगों ने हथियाली थी हमीदा को मिल गई। उसकी जमीन काफी ज्यादा थी अब जमीन की वह मालकिन बन गई और अब घर-घर गाँव में भीख न मांगती थी। उस जमीन की बात सुनकर हमीदा के सारे रिश्तेदार और पाँचों लड़कियों छटी तो हमेशा माँ के दुख दर्द में शरीक रही थी अब सब हमीदा का दुख दर्द पूछने आने लगे। लेकिन हमीदा को अपने पुराने दिन याद थे। अब हमीदा के लिए सबका नजरिया ही बदल गया। अब लोग कहने लगे हमीदा ने बड़ी तखलीफ व परेशानियाँ उठाई अभी तक उसको

कोई पूछने वाला नहीं था। लोग कहने लगे हमीदा ने जीवन में बड़ी परेशानी एवं दुख उठाए हैं। अब तक तो कोई पुछने वाला नहीं था हर एक रिश्तेदार हमीदा को अब सलाह देने लगा कि "तुम इस जमीन को सबको थोड़ा थोड़ा दे दो"। अपनी सभी लड़कियों को बराबर का हिस्सा दे दो। लेकिन हमीदा ने ऐसा कुछ भी नहीं किया वो चुप-चाप सब कुछ देखती रही और सोचती रही अपने रिश्तेदारों और लड़कियों का 30 साल का प्यार उसके पति 30 साल पहले चले गये थे। और उसको उन सबका दुर्व्यवहार याद आ रहा था।

अतः हमीदा ने कहा कि उसे पता है कि भूख क्या होती है। या 'भीक की रोटी कैसी होती है'। 'खाली पेट' और भरे पेट में क्या अन्तर होता है। हमीदा ने सबसे पहले पाँच हजार आदमियों को खाना खिलाया। इसके बाद उसने कुछ पैसे अपनी छट्ठे नम्बर की गरीब लड़की जिसने गरीबी में भी उसको बहुत किया था दिपा काफी पैसा उसने गरीबों की लड़कियों की शादी में लगाया। इन्हीं सच्ची कहानियों के आधार पर बजुर्गो के दुखों को देखना चाहिए। और समय से अपनी भी तुलना करनी चाहिए। समय रूकता नहीं माँफ करता नहीं, बुढ़ापा सबके लिए आवश्यक है।

7

हैता की नौकरी

यह उस समय की बात है जबकि जमीनदारों का शब्द ही कानून था। गरीब 'रियाया' के लिए ज़मींदार साहब का एक और फरमान हुकम नामा आया। ज़मींदार ने अपने कारिन्दे से कहा एक और नौकर की जरूरत है। पूछने पर पता चला कि जमींनदार के शरीर की घी से मालिश करने के लिये अतः जमींनदार के हुकम की कारिन्दे ने तुरन्त तामील की साथ ही उसने जमींनदार साहब को बताया कि एक लड़का है जिसका नाम हैता है वह बिलकुल ठीक रहेगा, अँगूठा टेक है, ज़मींदार साहब ने कहा फिर तो वो और भी अच्छा है। कारिन्दा (जमीनदार की जमीनों को देखने वाला) तुरन्त गया और, पूछा तुम्हारा नाम क्या है? सरकार ने तुम्हें तुरन्त बुलाया है। 'हैता' तुरन्त ही कारिन्दे के साथ चला आया।

हैता जमींनदार के पास पहुँचा सरकार पूछा तुम्हारा नाम ''सरकार'' हैता राम'' लगा कि जमींनदार जी का गुस्सा सातवे आसमान पर था, इस पर सरकार ने कारिन्दे केसामेन गुस्से में हैता से कहा क्यों तुमने कहीं' नौकरी नहीं करी है तू सरकार के कायदे नहीं जानता, पहले तो तू खड़ा होकर सरकार से नजरें मिला कर बात कर रहा है' दूसरे अपने नाम को इतनी इज्जत से पुकार रहा है ''हैत। राम, 'जानता है तू सरकार की पावर तभी तुरन्त हैता' ने अपनी नजरें नीची करीं हाथ ढीले करके दबी आवाज से कहा सरकार मेरा नाम ''हेता'' है। कितनी उम्र है तेरी, सरकार माँ 12 कभी 13 साल बताती है। देखने में तो हट्टा कट्टा लग रहा है। 18 साल जैसा लग रहा है। मुंशी जी इसे काम समझा दिया। जी सरकार फिर भी धीरे-धीरे और समझ जायेगा मुंशी जी ने कहा हैता 'सुबह सरकार के पैरों की पूजा करनी है। बाद में शरीर की मालिस आदि-आदि काम करने हैं।

मुंशी जी ने हैता के कामों की गितनी कराई सुबह पशुओं को देखना चारा डालना दूध निकालना आदी-आदी इसके बाद सुबह दस बजे खाना खाना रात की जो रोटियाँ बचती थीं उसे हेता को दे दिया जाता था। हैता ने पूछा सरकार दोपहर का खाना मुंशी जी से सरकार ने कहा कि मुंशी जी इसे कायदे बताये जाये। मुंशी जी ने हेता को आँखें दिखाई 'सरकार के आगे नजर मिला कर सवाल पूछते हो।' सरकार से बात करते समय नजर नीचे रक्खा करो कायदे सीखो अभी तुम छोटे हो। सरकार के कायदों का मतलब समझो, समझता हूँ। सरकार का हर हुकुम सर माथे पर होगा। अब हैता ने दूसरे दिन से अपना काम करना शुरू कर दिया। हैता ने सरकार की चरण वन्दना से काम शुरू कर दिया सबसे पहले उसने सरकार की मालिश की। सरकार को नहलाया कपड़े धोये। बासी रखा खाना हैता को दे दिया जाता था इतना काम और खाने की कमी से हेता धीरे-धीरे गिरने लगा थकान शुरू हुई और उसे बुखार रहने लगा। बुखार के रहने पर भी हेता के काम में कभी कमी नहीं आई वह उसी तरह खिदमत अन्जाम देता रहा। अधिक भूख के कारण कभी-कभी मौका पाकर वह चुरा कर भी खा लिया करता था। भूख के कारण हैता अपने को सम्भाल नहीं पा रहा था और उसको चक्कर आने लगे थे सरकार (मालिक) ने पूछा अरे 'क्या हुआ', 'सरकार चक्कर आ रहे हैं। कैसे 'भूख लग रही है'। देखने में तो हट्टा-कट्टा लग रहा है। क्या कुछ चुरा कर भी खा लिया है। हेता चुप चाप खड़ा रहा और सरकार से थोड़ी जल्दी घर जाने की प्रार्थना की। सरकार ने कहा ठीक है। जा घर पर ही खाना खाना और देख कल सुबह जल्दी आ जाना''

हैता को अब भूखे पेट काम करना कठिन लग रहा था, हैता को दूसरे दिन देर हो गई और कमजोरी में उससे चलना भी कठिन था। अतः हैता को साकारने मुंशी जी से बुलवाया और उससे देर से आने का कारण पूछा, उसने कहा बुखार बहुत है इस पर सरकार ने हैता का बहाना समझा और उसे दस वेंत मारने का हुकुम दिया बेहोस होने पर हैता को उसके घर भेज दिया, हैता के इतने काम करने की सजा दस बैंत मारना था।

हैता कि तनख्वाह पाँच रु. थी। इसको भी मांगने की हेता में हिम्मत नहीं थी। हेता को अपनी हालत दिख रही थी और उसे पैसे की बड़ी ही जरूरत थी उसने मुंशी जी से अपनी बिमारी का हबाला दिया मुंशी जी ने सरकार के कहने पर हिसाब की किताब खोली सरकार ने कहा एक मैंने 'तुम्हें अधन्ना (आधा पैस) दिया था' जब तुम्हें सामान लेने भेजा था। उसका तू सामान नहीं लाया क्या रहा। इसी तरह सरकार ने काफी हिसाब लगा कर उसे तीन रुपये दे दिये दरिया दिली दिखते हुए सरकार ने कहा मैं जानता हूँ। तेने चोरी भी बहुत करी होगी लेकिन जा मैंने माफ कर दिया तीन रूपये लेकर हेता घर चला गया। दूसरे दिन हेता नहीं आया। सरकार ने मुन्सी जी को तलब किया कहा कि उस कामचोर को पकड़ कर लाओं मुन्सी जी घर पर गये और उससे काम पर चलने को कहा। हेता ने बुखार बताया। मुंशी जी वापस आये और सरकार से कहा हेता बीमार है। सरकार ने कहा "जब इन्हें रोटी मिलने लगती है तो इनको थकान बुखार जाड़ा आदि-आदि शुरू हो जाते हैं। फिर सरकार ने कहा मुंशी जी हेता के घर से जूते मारते हुए लाओ बुखार और थकान दोनों ठीक हो जायेंगे। मुंशी जी ने सरकार की आज्ञा का पालन करते हुए हेता के घर पहुँचे सरकार ने किसी भी हालत में हेता को लाने का आदेश दिया है। हेता आधमरा था जब सरकार के पास पहुँचा सरकार गुस्से से आग वबुला थे और दस जूते सरकार ने उसको मार दिये। अब हेता बिलकुल बेहोसी में था सरकार ने आदेश दिया कि इसको इसके घर पर डाल आओं। धीरे-धीरे हेता अन्तिम साँस की कगार पर आ गया और साँस टूटने लग गयी। कहा अरे हेता मर गया यह तो न हिल रहा है और नहीं बोल रहा है। अरे यह तो मर गया। कुछ ने धीरे से कहा सरकार ने जूते मारे थे मर गया इस पर सरकार का गुस्सा सरकार ने कहा यह तो अपने घर ही मर गया था। कुछ हिम्मत वाले लोगों ने कहा पुलिस में चलो अंग्रेजों का समय था सरकार डर गये। अतः जैसे ही हेता की लाश लेकर लोग पुलिस में चले। सरकार के गुंडों ने आदेश दिया सीधे घर जाओ और घर जाकर इसका संस्कार करो वरना परिणाम भुगतने के लिए

तैयार रहो। हेता के घर बाले चले गये और वही किया जो सरकार ने चाहा था।

हेता चला गया न जाने कितने हैता जमींनदारों के दमन चक्र के कारण ऐसे ही चले गये जिनकी आवाज जमींनदारों के गुस्से और जुलम ने पूरी तरह से दबा दी।

8

ब्याज की माया

गोकुल एक साधारण मजूदर था चार बच्चों का पिता उसके दो लड़के और दो लड़कियाँ थीं। लड़के छोटे थे लड़की सबसे बड़ी थीं। एक दिन गोकुल ने बड़ी लड़की को देखा और सोचा लड़की बड़ी हो गई है। लड़की को क्या देखा कि उसके मन में विभिन्न विचार आने लगे। अब उसकी शादी कर देनी चाहिए गाँव का माहोल था पहले समय में पढ़ाई आदि न थी अतः लड़कियों का जल्दी ही विवाह कर दिया जाता था। गोकुल की लड़की का नाम 'रमा' था गोकुल से किसी ने कहा था कि तू अपनी लड़की का नाम 'रमा' क्यों रख रहा है तू गरीब है और 'रमा' का मतलब लक्ष्मी होता है।

गोकुल के पास पैसा नहीं था शादी की बस चिन्ता ही थी गोकुल जब पैसे की चिन्ता में था तभी उसका एक मित्र आया गोकुल ने अपनी समस्या अपने मित्र से बताई मित्र ने कहा कि अब तो किसी से पैसा ब्याज पर ही लेना पड़ेगा। मित्र का नाम देवा था उसने बताया कि ब्याज पर तो केवल भगत जी ही पैसा दे सकते हैं और कोई नहीं। गोकुल बोला लेकिन भगत जी तो बड़ा भारी ब्याज लेते हैं। सुना है भगत जी तो ब्याज लेते समय आदमी को बरबाद कर देते हैं। मित्र ने कहा ऐसा नहीं है ''मैं दिलवाँऊगा केवल थोड़े से ब्याज पर, देवा ने अपने मित्र गोकुल से बायदा करा। दोनों मित्र भगतजी से करजा लेने चल दिये। देवा की भगत जी ने बड़ी इज्जत करी, पूछा देवा कितना कर्ज चाहिए। देवा ने कहा 5000/- 'क्या जरूरत आन पड़ीं। सरकार लड़की की शादी है। ठीक है देवा तुम तो घर के ही आदमी हो तो तुम्हारे लिए तो कुछ न कुछ करना ही पड़ेगा। लेकिन इसके लिए कुछ न कुछ तो गिरवी में भी रखना ही पड़ेगा तभी कर्ज मिल पायेगा।

भगतजी ने कहा देवा बात ऐसी कि अब ''मै बूढ़ा हो चुका हूँ और अब सब कुछ मैं मेरे बड़े बेटे की ही चलती है'' देवा बोला तो सरकार अब क्या करें। भगतजी ने कहा इनके पास जमीन का एक टुकड़ा है उसको गिरवी रख लो। गोकुल ने देवा से कहा कि मित्र मेरे पास तो और कुछ भी नहीं है सिवाय इस जमीन के टुकड़े के कोई बात नहीं पैसा दे देना जमीन की गिरवी अपने आप खत्म हो जायेगी। इसके बाद भगत जी ने कहा कागज ले आओ और अंगूठा लगा दो। और जमीन के कागज मेरे पास दे दो। गोकुल ने कहा 'सरकार मुझे डर लग रहा है।' अरे गोकुल तुम 'पागल' हो कर्जा चुकाने के बाद कागज तुम्हें मिल जायेगा, गोकुल ने अगूँठा लगा दिया कागज दे दिया। लड़की की शादी की तैयारी होने लगी और कुछ दिन बाद लड़की की शादी हो गयी।

शादी करने के बाद अब गोकुल को सबसे बड़ी चिन्ता जमीन को गिरवी से निकालने की थी क्योंकि गोकुल अब धीरे-धीरे कर्ज उतारने की स्थिति में हो गया था गोकुल अपने मित्र देवा के पास गया और कहा कि देवा मेरे मित्र अब मैं भगतजी का पैसा वापस करना चाहता हूँ। देवा ने कहा कि ठीक है। अब तुम कर्ज 'वापस करके अपने जमीन के कागज वापस लेलो।

देवा ने कहा गोकुल मैं तुम्हारे साथ चलता हूँ। यह कह कर देवा गोकुल के साथ गया और भगतजी से जमीन के कागज माँगे और कहा पैसा हम लेकर आये हैं। देवा ने कहा गोकुल भगतजी का पैसा देना जरूरी है। भगतजी ने कहा देवा इतनी भी क्या जल्दी है। भगतजी ने बड़ी आव भगत करी इस पर गोकुल ने जमीन के कागज माँगे। गोकुल ने मुख्य रकम और भगत जी का ब्याज देने की पेसकस करी भगतजी कागज लाये और उन्होंने ने देवा से कहा देवा इनको सारा हिसाब समझा दो, लेकिन दुर्भाग्यवश गोकुल की उस जमीन का टुकड़ा उसके रहने का घर तथा गोकुल के लड़के को भगतजी के घर देकर भी (बधुआ नौकरी से) ब्याज इतना अधिक था कि गोकुल को जमीन के टुकड़े के कागज नहीं मिल सकते थे। यह अंग्रेजों का समय था जहाँ बस केवल जमींदार ही कर्ज देने वाले का भगवान था।

उस समय आम जनता की सुनवाई नहीं थी रियाया को तो केवल काम करना और दास बने रहना था। देवा ने भगतजी से कहा देख लो गोकुल बड़ा ही गरीब आदमी है। अभी एक लड़की शादी के लिए और भी है। इतना ब्याज कैसे देगा भगत जी ने ब्याज पर ब्याज लगा कर मूल पैसे से चारगुना पैसा गोकुल को देना बताया। देवा ने भगतजी से थोड़ा पैसा कम करने की बड़ी प्रार्थना करी लेकिन भगत जी नहीं माने अन्त में भगतजी को इतना गुस्सा आ गया कि उन्होंने गोकुल की दूसरी लड़की की बेचनी तक की सलाह दे डाली यह बात सुनकर गोकुल वापस आ गया और सोचने लगा पैसे के विषय में, गोकुल परेशान था और इतनी बड़ी रकम जुटाना कठिन था साथ ही साथ भगतजी के अत्याचार से भी, गोकुल की मानसिक स्थिति पूरी तरह से खराब थी। और कुछ भी करने में असमर्थ था। उसकी इज्जत दांव पर लगी थी

गोकुल ने सोचा कर्ज लेकर इज्जत दाब पर लग गई इज्जत गई तो सब कुछ गया। जिस घर में 'मैं' रहता हूँ किसी भी समय कुड़की हो सकती है और वो निकाला जा सकता है। अतः उसको एक युक्ति सुझी सोचा कि यदि "मैं स्वयं चला गया और मेरी दूसरी अविवाहित लड़की रह गई तो पता नहीं इसके साथ क्या होगा। फिर उसने अपने दूसरे बच्चे और पत्नी को देखा और खास कर अविवाहित लड़की को उसने बहुत प्यार किया उसकी बेटी ने पूछा बाबा मुझे आज इतना प्यार क्यों कर रहे हो। गोकुल ने कहा आज मेरे साथ मेरे दुखों का भी अन्त हो जायेगा।

थोड़ी ही देर में उसने एक गोली रामबती दूसरी बेटी में और एक गोली अपने आप में लड़कों और पत्नी को नहीं कहा क्योंकि उनसे उसे डर नहीं था। एक लड़के को तो भगतजी ने बधुंआ नौकर बना ही लिया था। सोचा दूसरा भी बधुंआ बन ही जायेगा देखा कि थोड़े ही अन्तर से दोनों बाप और बेटी ने दम तोड़ दिया और मौत के आघोस में सो गये।

यह तो एक परिवार की बात है वरना कितने ही गोकुल इस ब्याज रूपी काल के गाल में समा गये यह उस समय जमीनदारों का अत्याचार था जिनके दिये दुख दर्द को कोई भी सुनने वाला नहीं था।

9

भात की कुप्रथा (कुरीती)

यों तो और प्रदेशों की भांति उत्तर प्रदेश में भी अनेकों कुप्रथायें भरी पड़ी हैं लेकिन इन कुप्रथाओं में एक कुप्रथा है भात रसम की यह वह प्रथा है, जिसमें हर तरीके से लड़की को ही शिकार बनना पड़ता है। यदि लड़की के माता पिता जीवित है तब तो फिर भी वह बेचारी कुछ थोड़ी बहुत बची रहती है लेकिन यदि माता पिता न हो या घर में हिटलर भाभी हो तो उसका भाग्य ही फूट कर रह जाता है। इस प्रथा का प्रारम्भ ऐसे होता है। जब लड़की के पुत्र या पुत्री की शादी होती है, तो उसे भाई के घर भात नौंतने जाना पड़ता है। अब अगर वह भाई के जाती है भात नौतने तो वह लालची समझी जाती है। और यदि वह नौतने नहीं जाती तो उसे कहते हैं कि भाइयों या भाभी के लिए अशुभ कर रही है। इसमें भाभी की राजनीति बड़ी ही उच्च कोटी की रहती है। अगर भात नौंतने गई तो क्यों आई, अगर नहीं गई तो भाई के झूठे कान भरने का मौका मिल जाता है। जैसे तुम्हारी बहन बहुत बुरी बड़ी चोर है। चोर क्या डाकू है आप बड़े सीधे हैं इसको तो कभी बुलाना ही नहीं चाहिए। जब आप नहीं होते मैं इसको देखना या दरवाजा भी नहीं खोलती वापस कर देती हूँ। कुछ भाई बड़े डरते हैं तो वे चोर, बहन के लिए हाँ में हाँ मिलाते ही है।

लड़की की माता के लिए यह कहानी बड़ी ही दुखभरी होती है। लेकिन यह कहानी पूरी तरह सत्य है। और भाभी की राजनीति के खम्बे पर खड़ी है। ऐसी ही सच्ची कहानी यह है कि एक लड़की की 13 साल में शादी हुई उसका पिता बड़ा गुस्से वाला था। माँ के अनुरोध पर वह भाई को पढ़ाने ससुराल ले गयी वरना उसके ससुराल वाले उसके माता पिता से बड़े ही नाराज थे। लड़की के साथ बहुत अन्याय किया गया था,

इतना अन्याय कि रोंगटे खड़े हो जाएँ लेकिन माँ के आग्रह पर कि पिता भाई में गोली मार देगा। लड़की माई को अपने पास ले गयी। जिसके कारण लड़की ने बहुत झेला।

लेकिन माँ की होशियारी के कारण बेटी यह न समझ पायी कि जिस माँ ने मेरे साथ इतना अन्याय किया है वह अचानक मेरी हितैषी कैसे हो गयी। क्योंकि माँ ने ही मेरी शादी कराई थी। भात की कहानी ऐसे रही की लड़की के बड़ी मुश्किल से एक लड़की थी जिसकी शादी होनी थी। भाई के पास उसने भात के विषय में पूछा लेकिन भाभी और भाई दोनों ने कहा यहाँ नहीं आना इससे लड़की नहीं, बल्कि उसके मैंके का सारा समाज ही दहल गया। क्योंकि समाज ने देखा था कि माँ सालों साल लड़की के पास रही बेटा पढ़ा ही लड़की के पास था।

समाज इसलिए दहला कि लड़की के भात के लिए मना किया है। जबकि ये लोग लड़के के भविष्य की कामना में पूरी उम्र उसके घर ही पड़े रहे। यहाँ तक कि इस लड़के कि माँ ने बेटी से फिर आग्रह किया कि तेरा पिता, बेटे की जिससे शादी करना चाहता है वह उसे ठीक न कर पायेगा अतः जो पिता का सबसे बड़ा शत्रु है उसी की लड़की से माँ ने शादी कराई। अतः वो दुश्मन या भाई की शादी के बाद माँ को मजबूती मिली और फिर उसी माँ ने अपनी लड़की से कहा यहाँ नहीं आया करो। समझो लड़कियों की स्थिति। जो भी हो उसकी लड़की की शादी और भात की घड़ी आ ही गई भाई ने भानजी को विदा करने भी नहीं आया और जल्दी से चला आया। बिना सगुन करे उसने पत्नी का आदेश पूरी तरह निभाया। जो भाई और माँ लड़की के घर का पीछा नहीं छोडते थे उसी माँ ने आने को मना किया उसी भाई ने अपमानित किया। भात गांव के डर के कारण केवल पिता को देना पड़ा लेकिन उस भात ने बहन के लिए जहर का काम किया।

इससे लगा माँ कि याददाश्त कितनी कमजोर होती है जब वह लड़की का विनाश कराती है। तो उसका वरताव अलग जब किसी भी तरह लड़कों को बनाना चाहती है तो उसका बरताव बिलकुल अलग होता

है। सबसे ज्यादा आभारी मैं अपनी भाभी की हूँ जिसकी शादी किसी अच्छे समाज में होनी कठिन थी, और उसके ऊपर यह कहावत थी कि "गलियारों की ईंट को बौवारे में लगा दिया"। अर्थात् जिस लड़की की शादी कहीं न थी वह राजा घर में गई उसने मुझे बड़ा ज्ञान दिलाया और सही रास्ता भी दिखाया लेकिन वक्त चला जाता है आदमी उस आदमी को जिसके लायक उसकी परिस्थीति नहीं, पहुँच जाता है जिसका वह अधिकारी नही होता है। अतः वक्त किसी के हाथ नहीं रहता। बात रह जाती है, दुश्मनी व दोस्ती भी निखरती है।

ये भात और दाल किस काम के जहाँ लड़कियों को इतनी जिल्लत झेलनी पड़ी। यहाँ भात और दाल के पहले माँ लड़की के घर जाती थी माँ और भाई को दो चार दोस्तो के साथ लड़की के घर जाते थे वहीं उस बहन को भाभी दरवाजा नहीं खुलती थी। वाह रे भगवान तेरी कैसी माया है तेरा ऐसा न्याय है जहां एक ऐसी लड़की जिसकी कहीं शादी नहीं हो रही हो उसको कहाँ पहुंचाया।

इस कुरीती को मिटाने के लिए सरकार को भी लड़कियों का साथ देना चाहिए। इस कहानी का आधार दाल और भात नहीं है। उसका कितना बुरा बर्ताव जो नहीं होना चाहिए नन्द से होता है। इस कहानी को उस समाज को बताना है जो सब कुछ देख कर अनजान बना बैठा है।

मैं उन लड़कियों को सलाह देती हूँ कि वो इन लोगों की चालकियों से बचे ऐसे समय लड़की अपने उस जीवन को याद करें जो समय शादी से पहले माता पिता वा भाई के साथ गुजारा था। उसका मतलब पहचानें तभी उनको समझ आएगी कि माँ व भाई जिस लड़की के घर सालों पड़े रहे उसके लिए दरवाजा भी नहीं खुला और वह उलटे पाव वापस आई। इसलिये मैं लड़कियों को एक शिक्षा देती हूँ कि इन्सान के बहुत सारे चेहरे देखें। मतलब के समय पर अलग मतलब निकलने पर अलग। यह सभी कहानियाँ, पूर्णरूप सत्यता पर हैं।

10

दादी माँ की दुनियाँ

यदि बर्जुग अच्छे होते हैं तो उनसे माता पिता से भी ज्यादा प्यार होता है। अगर इन्सान अच्छा है तो उसके साथ रिश्तों की बुनियाद भी मजबूत होती है। यह दादी माँ मेरे दूर के रिस्ते की दादी माँ थी इतना प्यार करती थीं कि उसका जबाव नहीं था। दादी माँ इतनी प्यारी थीं कि वो जहाँ भी घूमने जाती थीं मुझे साथ ले जाती थीं मुझे भी दादी माँ से इतना प्यार था जिसका जवाब नहीं था वह जहाँ घुमने जातीं मुझे साथ-साथ ले जाती थी यदि दादी माँ के लिए कोई यह बोलता था कि दादी माँ मर गई तो मैं पागल हो जाती थी। धीरे-धीरे दादी माँ को कुछ कम दीखना शुरू हो गया। मैं इतनी छोटी थी कि दादी माँ के विषय में मैं यह न समझ पाई कि कम क्या होता है। लेकिन धीर-धीरे दादी माँ को विलकुल ही दीखना बन्द हो गया।

मैंने दादी माँ से पूछा आप घूमने क्यों नहीं जाती दादी ने कहा अब मुझे नहीं दीखता मैं अन्धी हो गई हूँ। मैं इस भयंकर शब्द का मतलब भी नहीं समझ पाई और मन ही मन उनके न चलने का कारण भी न समझ पाई।

धीरे-धीरे मैं बड़ी हो रही थी दादी माँ की हालत खराब हो रही थी अब पूरी तरह से उनकी दृष्टि खत्म हो गई थी। दादी माँ के दो बेटे और एक बेटी थी जब दादी माँ की दृष्टि बिलकुल ही खत्म हो गई तो बहुओं ने उनकी चार पाई उस जगह डाल दी जहाँ सब लोग सुबह नित्य कार्य करते थे। इतनी बदबू थी कि उस समय फिल्श भी नहीं थे। सुबह को दादी माँ को जो कुछ खाना देना होता था बस दे दिया उनके कानों से सुनाई नहीं देता था और आखो से दिखाई नहीं देता था।

दादी केवल इन्सान की आवाज़ से ही पहचानती थीं कि कोई आ रहा है। जैसे ही कोई जाता दादी माँ बोलती 'अरे कौन' है? जाने वाला तेजी से चल देता था ताकी पता न चाले, माताओं ने बच्चों को हिदायते दी थी कि तुम दादी माँ के पास से जल्दी से निकला करो।

दादी माँ का काफी बड़ा परिवार था लेकिन उनके अन्धे के साथ ही परिवार का प्यार भी उनके लिए अन्धा हो गया था।

मैंने अपनी आंख से देखा है 'दादी माँ को महीनें नहाना नहीं मिलता था। उनके कपड़ो में जुरो भरी रहती थी। यह सच में लाचारी का सबूत है। दादी माँ काफी अमीर थी इस हालसे पहले, लेकिन उन्होंने अपना सारा धन दोनों पुत्रों में बाँट दिया था अतः अब उसके पास कुछ न था बस बेटे और बहु के अपमान के अलावा दादी माँ को देख कर लगता था कि भगवान उन्हें क्यों नही बुलाता अभी कितनी उनकी दुर्दशा करायेगा। दादी माँ ने बच्चे कैसे प्यार से पाले होंगे लेकिन बच्चों का दिल कितना पत्थर था। जो दादी माँ सबके साथ थी उनके साथ आज कोई न था लगता था मौत भी नाराज है वह भी कभी नहीं आयेगी।

एक बार दादी माँ ने कुछ खराब खाना खा लिया अतः वह खाना उनके लिए बरदान हुआ दादी माँ को फूडपोयजन हो गया और इसके बाद दादी माँ धीरे-धीरे बीमार रहने लगी। इस हाल में दादी माँ दिन रात मौत मांगती थीं लेकिन मौत भी धीरे-धीरे पास ही आने लगी थी लोग कहने लगे अब दादी माँ ज्यादा दिन नहीं जी पायेगी। मेरा दिल बड़ा ही दुखी था इस पर मैंने अपनी माँ से पूछा मैं दादी माँ को देखने जाना चाहती हूँ। माँ की अनुमति से में दादी माँ के पास गई दादी माँ ने पूछा कौन है। मैं रोने लगी, दादी मरना नहीं दादी माँ ने कहा अभी भी मुझे जिन्दा देखना चाहती है। उस दिन में कुछ खाने की चीज ले गई लेकिन दादी माँ ने मन से नहीं खाई शायद वो जाने की तैयारी कर रही थी। अगर इस हालत में भी भगवान न बुलाये वो इन्सान क्या करेगा। मैं वापस आ गई दुखी मन से लेकिन सुबह हुई 9 बजे किसी ने कहा दादी माँ मर गई। अभी भी मेरा दिल बड़ा भारी था उनको याद करके अतः उस

नरक को सोच कर रोंगटे खड़े हो जाते हैं। भगवान ने दादी माँ की नरक से जान छुड़ाई।

अतः उत्तर प्रदेश में उस समय की हालत देखे तो वहाँ बजुर्गो की दशा भी दयनीय ही थी बजुर्ग सब कुछ बड़ी जल्दी अपने बच्चों को ही दे देते थे। कितनी बिडंबना है जो माँ बच्चे के लिए इतना करती है। उसी के बच्चे उसके खाने व रहने का भी बटवारा करके उन्हें रखते हैं खाना देते है। आज फिर भी सरकार के कारण मिडिया के कारण उनकी स्थिति कुछ ठीक है। सरकार को इस ओर और भी ज्यादा ध्यान देना चाहिए क्योंकि बच्चे जो कहते है वह करते नही है। ६० प्रतिशत पुत्र तो माता पिता बहन से अपनी पत्नी के झूठे कान भरने से ही अलग हो जाते हैं।

गाँव के प्रधान के कार्यो में एक लाइन और भी जोड़ देनी चाहिए कि वह ऐसे बजुर्गो का बच्चों से ज्यादा से ज्यादा ध्यान रखवायें। इस हालत में सरकार को बच्चों पर जरा भी विश्वास नहीं करना चाहिए। और माता पिता को उन्हें सब कुछ नहीं दे देना चाहिए। बाद में बच्चों का ही होता है।

11

पुत्र की कामना

'रवि' की माता का नाम 'शीला' व पिता का नाम 'धीरज' था। शादी के कुछ समय बीत जाने के बाद 'रवि' की माँ को सन्तान की चिन्ता शुरू हो गयी, लेकिन चिन्ता में शीला को केवल भगवान से पुत्र की कामना थी, लड़की यद्धपि उसे पसन्द न थी उसको लगता था कि मरने के बाद लड़के के पिण्ड दान करने से ही मुक्ति और स्वर्ग मिलेगा; अतः पुत्र ही प्राप्त होना चाहिए; यानी पुत्र प्राप्ती के लिए भगवान के कानून में भी दखल अन्दाजी थी। शीला ने बड़ी पूजा पाठ, दान व वृत किये और ईश्वर ने उसकी प्राथना सुन ली, और पुत्र रत्न की प्राप्ति हो गयी

दोनों पति पत्नि बड़े ही खुश थे उन्होंने पण्डित जी को बुलाया और बच्चे के गृह व नकक्ष देखने को कहा पण्डित जी ने बताया लड़का बड़ी ही उत्तम घड़ी में पैदा हुआ है और माता पिता का बड़ा ही आज्ञाकारी और सबके लिए स्वयं अपने लिए बड़ा ही भाग्यशाली रहेगा। पण्डित जी से पूछा करते पुत्र का नाम से रक्खा जाये, पिता का नाम था से व थी का नाम 'श' से है अतः पुत्र का नाम 'र' से होना चाहिए। भाग्य और भी निखर जायेगा और शिखर पर पहुँच जायेगा।

'रवि' के पिता के चार भाई थे सारे भाईयों में रवि के पिता ही चतुर थे लेकिन पुत्र होने पर उनकी चतुराई शिखर पर पहुँच गयी थी पुत्र प्राप्ति के बाद 'रवि' को धन सचित करना तथा रवि को धनवान बनाने की युक्ति ही सोचने लगे। रवि के लिए एक बड़ा, आम नाश्पति, आडू आदि का बाग लगाया। जमीन के बटवारे में भी धीरज ने बड़े घपले करके जमीन ज्यादा से ज्यादा लेली। सारे ऐशो, आरामों के लिए गाँव में एक

बढिया मकान बनवाया सारी सुविधाओं के साथ बड़े ‘आरकीटेक्चर’ की सलाह पर।

अब रवि के पिता जी एक ही समस्या थी कि वो गाँव में रहते थे अतः रवि को दिल्ली के अच्छे स्कूल जहाँ फराटे की अंग्रेजी रवि बोल सके भेजना था। धीरज जी इस समस्या में उलझे थे और उसी बीच उनका परिचय एक नेता से हुआ नेता जी को कुछ लेदे कर दिल्ली के मुख्य ‘दिल्ली पब्लिक स्कूल’ मथुरा रोड़ पर रवि का दाखला भी करा लिया। दाखला कराते समय नेता जी ने ‘धीरज’ से यह शर्त रखी कि रवि की शादी नेता जी की लड़की से ही होगी। स्वार्थ व मतलब के धीरज भी बड़े धनी थे अतः शादी को हाँ करदी।

धीरे धीरे रवि डी. पी. स. में अपना स्थान जमा रहा था और आगे की सोच रहा था। इसी बीच नेता जी की डी. पी. एस. में पहुँचाने बालों की रेल दुर्घटना में मृत्यु हो गयी और अब पिता पुत्र बन्धन मुक्त हो गये। रवि की दिल्ली की जमीन मजबूत हो गयी थी अतः अब रवि को आगे की सोचनी थी। रवि को एक ऐसे आदमी की तलाश थी जो कि रवि को लासएन्डाल अमेरिका में भिजवा सके। ढूंढने पर उसे विदेश मंत्रालय में एक आदमी ऐसा मिला जो रवि के लिये वरदान सिद्ध हुआ लेकिन उसकी भी रवि से वही शर्त थी कि उसके बदले में मेरी लड़की से ही शादी करनी पड़ेगी ‘रवि’ को शिखर पर पहुँचना था अतः उसको भी रवि ने हाँ कर दी। अब तक रवि शादी के नाम दो आदमियों को धोका दे चुका था।

अब रवि अमेरिका पहुँच गया था अतः वहीं पर उसको एक रोज काम जो नाम के साथ हो तलाश थी। ‘रवि’ ने पुस्तकालय में एक बड़ी साधारण कम पढी तथा पेशे से Book carner थी। रवि ने तुरन्त सोच लिया इससे काम चलेगा। लड़की बड़ी साधारण और बड़ी साधारण परिवार की थी। अब रवि ने उस पर काफी खर्चा करना शुरू कर दिया।

दोस्ती इतनी बढी कि लड़की ने शादी का प्रस्ताव रख दिया; ‘रवि’ ने उससे तीन शर्तें रखीं नौकरी, ग्रीनकार्ड अमेरिका में हमेशा के लिए बसना लड़की ने हाँ कर दिया। लेकिन लड़की ने जल्दी ही शादी की इच्छा जाहिर की।

अमेरिका विधि विधान से रवि की शादी हो गयी लड़की 'रवि' की शर्तों की पूर्ति में जुट गई। इसी बीच रवि के पिता पर 'रवि; का पत्र आया कि उसे डोमीशाईल चाहिए, इस पर रवि के पिता ने पूछ ताछ की तो पता चला रवि ने शादी करली है। इस बात को सुनकर रवि के पिता को 'दिल का दौरा' पड़ गया और दिल के मरीज हो गये। 'रवि' ऐसा था कि उसने दो लड़की के पिता को, अपने माता पिता को तथा एक दिन रात को अकेले चाची के साथ रहा तो गन्दी हरकत करी, तथा पूरे समाज से उसने धोका किया।

'रवि' की अमेरिका में शादी के बाद रवि के पिता ने रवि की बड़ी तारीख शुरू कर दी और उसकी शादी करने के विषय में चर्चा करने लगे। साथ ही 'रवि' के पिता की शर्त भी रख दी कि तो अमेरिकन लड़की से ही शादी करेंगे रवि तीन साल पहले ही शादी कर चुका था अतः अब उसी लड़की से तीन साल बाद पुनः शादी करी जब की शादी के पाँच महीने बाद रवि को लड़का भी हो गया अतः जब वह भारत में शादी करने आया था तो चार माह का बच्चा भी बीवी के पेट में था।

रवि के माता पिता रवि के प्यार में उसके लिये बहुत झूठ तथा रवि की शराफत का जान तथा उसकी विद्धुता का ही वर्णन करते थे।

दुर्याय से कुछ ही समय बाद रवि के पिता का निधन हो गया शीला (माँ) अकेले हो गई। माँ के आग्रह पर पुत्र कुछ दिन के लिये माँ को अमेरिका ले गया। अमेरीकन बहू सास को गन्दी बतानी थी, शीला इस उम्मीद से गई कि पुत्र कुछ समय देकर उसके पास बैठा करेगा। लेकिन अमरीकन बहू-शीला से कहती थी कि अपने ही कमरे में रहा करो और कहा oh old lady leave us alone, Ravi is not baby dont try to keep him in your Leap. शीला इतनी टूट गई कि रवि से वापस जाने की प्रार्थना करी और वापस अपने गाँव आ गयी।

धीरे धीरे माँ बहुत बीमार होने लगी, गाँव वालों ने रवि से माँ की स्थिति बताई। यह सुनकर रवि ने माँ की जिम्मेदारी अपने पुराने नौकर की कर दी और वापास अमेरिका चला गया माँ की हालत बहुत खराब थी 'रालजाईमर' की मरीज हो गयी थी सारा शरीर सूझ गया था हालत

इतनी खराब थी कि रवि ने अपने चाचा के घर ईलाज के लिये माँ को भेज दिया। जिस नौकर के सहारे रवि ने छोड़ा था उसने रवि की मोसी आदि सभी का आना जाना बन्द कर दिया था, और अकेला ही अपनी स्वार्थ पूर्ति कर रहा था। माँ ने अन्तिम क्षणों में बड़ा ही कष्ट उठाया। और जिन्दगी का अन्त हो गया। शीला का देवर चिर से ही अन्तिम संस्कार पाँच दिन के बाद हुआ जब रवि अमेरिका से पहुँचा अन्तिम संस्कार के समय पुराने पहने कपड़ों के ऊपर ही एक गाडन पहना दिया और पाँच दिन के बाद बेटे ने पिण्डदान करके माँ को स्वर्ग दिला दिया।

पुत्र ने माता पिता के मरने के पाँच दिन बाद अमेरिका से आकर अन्तिम संस्कार किया और स्वर्ग दिलाया। पर वह स्वर्ग दीखा कहीं नहीं। फिर भी यदि लड़की बुरी भी है तो भी उसे समाज का डर ज्यादा होता है और माता पिता के अन्तिम संस्कार में भी इतनी देर शायद कदापी न करती।

अतः पुत्र प्यार में माता पिता को भी इतना अन्धा नहीं होना चाहिए कि वह दूसरों पर झूठे लांछन, मान मरियादा, पाप, पुण्य सभी को भूल कर ऐसे पत्र की सेवा करें। ऐसे कलमी पुत्र से बुरी लड़की भी ठीक ही है। यदि कोई भी नहीं तो समाज इन सबसे अन्धा है।

12

कवितायें
पिता के निधन पर

वो चले गये

अपने प्रिये जनों से बिछड़ने का बड़ा ही दुखदाई अनुभव होता है यह परम सत्य है। सभी आते हैं चले जाते हैं लेकिन हर एक इन्सान के लिए उसके परम प्रिय के जाने में फर्क अलग ही होता है। कुछ जाते हैं दुख छोड़ जाते हैं लेकिन कुछ का जाना अपने चाहने वालों पर दुख की गहराई की ऐसी अमित छाप छोड़ जाता है, जिसकी पूर्ति नहीं होती, ऐसी ही गहरी लकीर अभी तक मेरे प्रिय पिता के लिए मेरे दिल में दिन पर दिन याद की मात्रा बढ़ाती ही रहती है। वो 2 Dec. की काली रात दुख की काली रात भुलाये नहीं भूलती।

रात 12 बजे वो भयानक शब्द मेरे कानों में अभी भी उसी दुख से गूँजते हैं कि "वो चले गये" अर्थात पिता दुनियां से चले गये। उनके जाने का यह आभास हुआ कि

उस वक्त लगा धरती माँ ने सच में एक करवट बदली है,

सच में वह करवट ऐसी थी,
एक दिव्य आत्मा उसमें थी,
वो दिव्य आत्मा बोल रही,
हम जाते हैं, इस दुनिया, से
तुम पुण्य कर्म जारी रखना
यह समय चक्कर की माया थी,
लगता था ईश्वर कहता है, यह
अन्त समय की माया है,

यह ऐसा विशाल वृक्ष था आवाज थी जिसकी धीमी, पर छोटे पोधों का मसीहा था, उनकी अब गिनती कहीं नहीं, पिता के गुण, जो उनसे मिला कभी, भी वो समा गये मन उसके उस अष्ठि छाप को देखा, और सोचा मन में उसने यह कैसी महा विभूति क्या सीखे इससे हम सब। वह कितना बड़ा वृक्ष था जिसकी छाया में मैं थी पर, अब बारिस हो या आधी सब का आदर करती हूँ, क्योंकि वो चले गये।

अपने पिता में मैंने क्या देखा?
तेरी शेर गरजना देखी
तेरे लम्बे कद को देखा

वसुदेव कुटुम्भ की इच्छा पिता तेरे मन में देखी
तेरी सबसे बड़ी दैन को, उर्दू को बढ़ते देखा
माँ बाप का आदर करना मित्रों का मान वढ़ाना
ये सारी अच्छी चीजें पिता तुम से हमने सीखी

सब लोग चले जाते हैं जाना उनका जाना है जो रहे हमेशा दिल में एक साँस, रक्त की भाँति।

मैंने जबसे तुमको खोया, कोई शब्द नहीं है मुझ पर

मैं कैसे करू पूर्ति उस तेरे अहम प्यार की, मैं तब कितनी छोटी थी तेरे सच्चे प्यार में वह कर, तुमने बच्चा मुझे बनाया और प्यार दिया दिल भरकर

पर अब मैं कहाँ खड़ी हूँ?
विद्यमान पिता अपने से
मैं कुछ भी न ले पाई।
मैरी विद्या रही अधूरी इस धोखे में
भरमाई तुम कभी नहीं जाओंगे।
सबसे पहले तुम मान दिलाते
उसके बाद कुछ ज्ञान दिलाते जो कुछ देते मन से देते

राजनीति से उपर उठकर,
ज्ञानी पुरूष जुड़े थे तुमसे,
तुम भी जड़े हुए थे उनसे
जहाँ रहो तुम खुशी से रहना
हम तो बड़े दुखी है तुम बिन

13

एक मित्र के निधन पर

एक सड़क दुर्घटना में एक पति पत्नी की मृत्यु का दुखद दृश्य

धरती पर थी वह पड़ी हुई,
और दुनियों से वह चली गई,
वह सोच रही होगी मन में,
हम दोनों में पहले कौन गया
पर धरती माँ ऐसा कहती है
तुम दोनों सच्चे प्रेमी थे
तुम में से पहले कौन गया,
यह विषय बड़ा गम्भीर बना
क्योंकि ये सच्चे प्रेमी थे
और सतयुग की ये नारी थी, इतिहास
बनाकर चली गई।
और बता गई यह पति धर्म अब भी
कलयुग में कायम है।
आदर्श पतिब्रत वो नारी,
बस बिजय कर गई नारी की

14

रिस्ते

माँ बाप हैं ये कौन हैं
यह सोचना एक भूल है
बैठे हैं लम्बी नाव में इस यात्रा
के साथ में जिसमें है लम्बा
"मैं" खड़ा
जो सोचते है फर्ज को पर फर्ज
उनसे दूर है।
इस लम्बी चौड़ी नाव में और
काल रूपी गाल में
रिस्तो का मतलब कुछ नहीं।

15

दीप शिखा
(बेटी को आशीर्वाद)

जब दीप की लो उठ जाती है
तब दीप शिखा बन जाती है।
जब दीप शिखा बन जायेगी,
तब दिव्य ज्योति आ जायेगी
उस दिव्य ज्योति से आशायें
हर वर्ष नया पन लायेंगी।
इस जन्म दिवस के अवसर पर
ज्योति को नतमस्तक करके
उद्देश्य शिखर को याद करो
और शिखर को छूते बढ़े चलो।

16

माँ बाप का आदेश

माँ बाप के आदेश का
कितना विषेला रूप था
ऐसी बिदा देखी नहीं
ऐसी बिदाई अनुसनी
पिता का आदेश था
देखो सुनो बेटी इधर अब देर तक सोचो नहीं'
तुम देख लो और सोच लो,
और बात देखो मान लो
जाना तुम्हें तो है अभी
हम है हितेशी आपके, माँ बाप हैं
शत्रु नहीं
वह वक्त, की आवाज थी, और
ग्रहों का सयोंग था
यह देख कर मैं सोचती

लड़की का जीवन रिक्त है माता पिता के साथ में, लड़की का घर में कुछ नहीं, माता पिता बदले बहुत और जन्म भूमि छुट गई।

कुछ भी नहीं वहाँ फर्ज है,
उसके सिवाय वहाँ कुछ नहीं।
पर इस विरह की वेदना को साथ

लेकर प्यार से, सोचा यहाँ कुछ भी नहीं
उसमें बिदाई थी नहीं उसमें बड़ा
अपमान था
पर वो समय की बात थी मेरे लिए सम्मान था।
पर कुछ समय के बाद फिर,
रूख फिर बदल आया वहाँ।
फिर मै बनी बेटी बही
सम्मान चौढ़ी पर चढा
पर कुछ समय ने बाद फिर
इतिहास वापस आ गया
न बो रहे माता पिता न मैं' रही
बेटी वहीं
जो जन्म भूमि थी मेरी जिसमें मेरा सम्मान था
पर अब वहाँ कुछ भी न था अपमान ही अपमान था।

17

दुनियाँ

दुनियाँ पर आक्षेप करें क्या,
ये दुनियाँ इतनी खाली है
इतने घाव दिये हैं इसने
जिनका न उपचार कोई
जब से सच में दुनियाँ देखी
आशा बनी निराशा में
जिस डाली को पकड़ा हमने
पतझड़ का संकेत मिला,
उसे छोड़ दो बरना देखो यह कह कर आदेश मिला
आदेश मिला था आँखों से, जिसमें दुर्लबता देखी थी,
हमने तो उसको मान लिया, पर
रेखा अकित बनी रही

18

बहारें

बचपन गुजारा सोच कर आगे बहारें आयेंगी
पर जब बहारें आई थीं पतझड़ भी संग में लाई थी।
और पतझड़ो से पेड़ भी सूखे खड़े थे राह में
पर ये सभी कुछ देख कर भी मन बहारों से अलग होता नहीं
पर ये बहारें शत्रु थी विश्वास घाती रूप में

फिर भी बहारों की कसक चुबती है बिलकुल पास दिल, पर सोचना यह प्यार देगी यह अलग सी मूल है।

फिर भी मैं आगे यों बढ़ी इस वक्त रूपी धार में पर जब कभी में प्यार से इनके सहारे दौड़ती ये मारती धक्का बड़ा और पाव नीचे रोंदती।

अब सौचती हूँ बस यही
ये बेबफा है कुछ नही'
ये शत्रु रूपी मित्र है
बदले में देती कुछ नहीं
जो लोग बुद्धिमान हैं वो जानते परिणाम हैं।
अनजाम इसका जानकर वो
पास इनके हैं नहीं।

19

सब मिल चुका

जो कुछ लिखा था भाग्य में,
ये सब मिल चुका बाकी नहीं
यह सोचना अबं भूंल हैं,
कुछ शेष है बाकी बचा,
अब शेष बाकी कुछ नही
अब शेष हैं अबरोध ही
अवरोध से गागर प्यार है
तो प्यार विष अनुभूति है।

20

लड़कियाँ

सौ साल गर जियेंगे तो जी के क्या करेंगे
धरती पे भार हैं हम, माँ बाप ही के घर में।
जन्में थे जिस जगह पर, रहते हैं अजनवी से
कैसी है सच में दुनियाँ, जिन्दे को पूछते ना।
मरने के बाद मतलब कितने बड़े बताते, लड़की का अर्थ शादी रखता है एक मतलब,
जब तक पिता के घर में बन्धन की बाड़ में वो,
ससुराल में जो आई समझा था उसको ऐसे धन खान से भरी है और शान है वहाँ की
पर उम्मीद रूपी धन ने वहाँ भी उसे नकारा,
क्या हम न समझा उसको या वो समझ न पाई, माँ भी थी एक लड़की और सास भी थी लड़की पर वो कहाँ खड़ी हैं।
हर रास्ते से भटकी लड़की का घर कहाँ है, वह पूछती जहाँ से
उसने जन्म लिया है, क्या पाप है उसी का, वो किस जहाँ से पूछे अब वो किघर को जाये,
ये सास और माँ के घर तो बहुत बड़े थे, बस प्रेम से थे खाली
बचपन से उसने देखा,
क्यों लड़की बन के आई
औरत के रास्ते तक सब कुछ
पड़ा था खाली,
फिर दूर चल करे देखा सघर्ष की डगर में,
अब कुछ न दीख पाया, बस जाल शत्रुओं का।

21

माता

माँ का रिस्ता इतना ऊँचा
कत्तर्व्य चक्कर से भरा हुआ
धरती माँ भी एक माता है, कैसे
इतनी शरणागत है
देख देख धरती माँ को अनुकरण
करेगी माता भी
लड़की भी एक माता होगी और
माता भी एक लड़की थी।
फिर माता क्यों नहीं सोच रही
इस इतनी झूठी दुनियाँ को
क्या माता की मजबूरी है या
अपने दिन वह भूल गई।

22

वेवसता

(पिता से मिलने की लालसा)

पता नहीं क्या बात हुई है।
पखों की अनुभूति सोची
पखों की शक्ति को सोचा भावो की संरचना में,
अभी यहाँ हूँ सोच रही हूँ वेवसता की मर्जी से।
वेवसता पर जोर नहीं है कितनी कुन्ठा इसमें है।
आज लगा कुछ ऐसा मुझ को
अब मैं न मिल पाऊँगी।
अगर मिलन में बांधा दीखे
सोचो इसको एक सग्रांम

23

बेदना

सोचो सब कुछ अच्छा होगा,
गर तुमने न बुरा किया,
रिस्तों की मर्यादा सीखो
उन्हें आंकलन करना सीखो
जो रिस्ता है वहीं रहेगा;
उसकी बदल नहीं सोचो।

24

बचपन

बचपन पहनाता फूल है यह बात कुछ जमती नहीं,
अनुभव की कड़वी याद में कुछ अत्यता लगती नहीं।
मां बाप के आदेश ने मुझको बहुत भ्रमित किया,
देखो सुनो बेटी इधर तुम दूसरे घर जाओगी।
गर सीख न पाई यहाँ तब उम्रभर पछताओगी
मैं सोचती जब भी कभी वहाँ सीखने को कुछ न था।
बस एक झूठी पाठशाला में पड़ा कुछ, ज्ञान था
पर सोचकर यह देखती, गर
प्यार बचपन का यहीं तब
माँगती बचपन नहीं।
माता पिता का प्यार तो सबके लिए निःस्वार्थ है।
पर इस मिलावट ने भी मुझ को जानकर छोड़ा नहीं।
एक फर्ज का डंका बजा, हम प्यार करते हैं तुम्हें
पर जब कभी परखा गया, बिलकुल मिलावट पूर्ण था।
गर सोचकर यह देखती गर प्यार बचपन का यही तब भागती बचपन नहीं।

25

प्रतीक्षा और कल्पना

इन दो शब्दों के भंवर से अछूता बचा कोई नहीं
कभी साथ चलती बहन बन कभी दूर हट कर देखती
प्रतीक्षा में प्यार है पर कल्पना में कुछ नहीं
अब सोचती हूँ बस यही कि सोचने को कुछ नहीं

26

नाकामियाँ

नाकामियों का शोक क्या
नाकामियाँ बरदान हैं,
बस दुख रहा इस बात का
इन्सान को समझ नहीं
अब विधन था और देर थी
मन गुत्थियों का जाल था
इन गुत्थियों के जाल को
अब खोलने का दम नहीं,

27

भारत का गर्व

भारत तुम पर गौर्वान्वित है, नारी तुम से सम्मानित है'
भारत के वीर जवानों को कितना सम्मान मिला तुम से।
भारत किसान के ह्रदय में कितना विश्वास बड़ा तुम पर।
सब एक ध्वनी से बोल रहे विश्वास अटल में उनका है।
भारत की डोर सम्भाली है भारत की तुम पर आँख टिकी
तुम लोह पुरूष और युग दृष्टा भारत के लिए नई गरिमा।
मुद्रा को जब ऊपर करते लगता है तुम यह कहते हो
तुम सोचो नहीं समस्या को
मैं खड़ा यहाँ सबमें आगे
हर बार समस्या का झेलूँ
है अटल मेरा विश्वास यहाँ
हमने तुमसे यह सीखा है
कर्मठता सबसे पहले हो
फिर सभी संग हो जाते हैं
कर्मठता के पीछे पीछे।
ईश्वर से हम विनती करते
एक लम्बी उम्र कामना की
तुम से है ज्योति नई मिली
ज्योति से हम नतमस्तक हैं।

भारत की इसी चेतना में
विश्वास सभी का तुम पर है।
तुम इस युग के युग दृष्टा हो
सबके दुख दर्द समेंटे हो
ईश्वर न तुमको नजर लगे
इस काले युग की छाया की
तुम इसी रूप में खड़े रहो
चट्टान समान पथ-रक्षक बन

28

मन के विचार

कैसे सुनायें तुमको अपनी समान उमरी
जब आई इस जमीपर आड़े था माँ को बेटा
फिर कुछ बड़ी हुई तो आड़े समाज बन्धन
कुछ और समय बीता, माता ने मुझको देखा
शादी की उनको सूझी कतव्यर्ता से हटकर

29

माता पिता की शिक्षा

अपने मन को दुखी करो न, यह समाज की रीति है।
सोचो सब कुछ अच्छा होगा, गर तुमने न बुरा किया
रिश्तो की मर्यादा सोचो उन्हें आकंलन करना सीखो
जो रिस्ता है वहीं रहेगा उसकी बदल नहीं सोचो
इस घर में मैंके का रिस्ता इसकी बदल नहीं सोचो
यह रिस्ता तो बड़ा क्षणिक था क्षण भँगुर ही रहने दो।
लड़की शोभा नहीं यहाँ की, मैका उसका और नहीं कुछ,
अनअधिकृत चेष्टा है।
और इसी सोच को सच तुम मानो।

30

बेटी का जन्म दिवस

जो कुछ लिखा है पत्र में समझो इसे सम्मान तुम।

उपहार है उद्देश्य है और प्यार के अनमोल तारों से जड़ा,

जब तुम नहीं रहती यहाँ; मैं सोचती हूँ बस यहीं एक दिन कटा अच्छा हुआ।

फिर सोचती हूँ बाद में सम्पूर्ण जीवन कट चुका

अब कुछ बचा बाकी नहीं

सब कुछ अधूरा दीखता, उम्मीद की आशाओं में

सब कुछ गुजरता दीखता जो दीखता वापस नहीं

लगता भविष्य पास है पर पास है लम्बा बड़ा।

जन्म दिवस है वह दिवस जो एक बात बतलाता है

समय दिनों दिन कम हुआ, एक वर्ष दो वर्ष,

बस देखना तो यह रहा सद् उपयोग कितना हो चुका

और हो रहा इस जन्म दिन रूपी बांध का।

31

निर्मल धारा

स्वच्छ भावना निर्मल धारा
लेकर में प्रवेश किया
लगता है तुम उसी रूप में
बिलकुल बसी जैसी थीं
जब तुम आई इस प्रागण में
कितनी भोली छोटी थीं
जब तुम चलती इस प्रागण से
परिवर्तन ना खास हुआ।

32

मनोबल

मुझे काफी दुखों को सहने तथा काफी दुखी लोगों को देखने का खास कर दुखी, ठुकराई गई लड़कियों, गरीब लोग जिसे रियाया कोम् कहते थे समाज से ठुकराये गये, जाति प्रथा आदि-आदि कारणों से एक मनोबल की शुरू बात हुई। उस समय लड़कियों की मनोवैज्ञानिक स्थिति की परवाह कम ही करते थे सौतेली माँ के कारण तो काफी समस्याओं होती थीं लेकिन गाँव में अपनी सगी माँ भी कभी-कभी लड़कियों के लिए सौतेली माँ से भी बुरा रूप धारण कर लेती थीं। इसको देख कर दुख के साथ-साथ थोड़ा मनोबल भी मिला।

सबसे बड़ा मनोबल मुझे मेरे चाचा दुष्यन्त कुमार परदेशी, एक नामी कवि जिन्होंने सबसे पहले शायरी को कविता का रूप दिया। जैसे उनका कहना था कि 'कैसे-कैसे लोग आने लगे हैं, हँसते-हँसते चिल्लाने लगे हैं'। वो जब भी छुटियों में गाँव आते थे तभी मेरी माँ से हमेशा मेरे हित की ही बात करते थे। उन्ही से पढाई का महत्व समझ में आया। मैरे लिए माता-पिता की कोई खास पसन्दगी नहीं थी अतः बहुत जल्दी मैरा मंगल पाड़ी गृह हो गया। सबसे बड़ा मनोबल मुझे अपनी शादी के बाद ससुराल में मिला, ससुराल का कोई भी व्यक्ति मुझे पसन्द नहीं करता था। कुछ की मौन अस्वीकृति होती थी, कुछ का अपशब्द की भाषा से पता चलाता था। पति मेरे मूक दर्शक थे। उनको इस विषय में कोई दिलचस्पी नहीं थी। इसी बीच मेरे एक कन्या हुई और वो भी इसी तरह बदनसीब थी और लापरवाही और दवाईयों के अभाव में वो चली गई। मैं इतनी छोटी थी फिर भी मुझें उसके जाने का दुख ऐसा था कि बस क्या करू मैं भी चली जाओं। इसी बीच मेरे पति की एक सस्थान में 150 रूपये की नौकरी लगी। उस नौकरी में उनके भाई के तीन बच्चे व उनकी

माता जी का खर्चा उनके जिम्मे था क्योंकि उनके बड़े बजुर्गो का ऐसा ही आदेश था और सभी साथ रहते थे।

जब मेरी बेटी चली गई तो मैंने भी मरने का प्रयास किया और सुनी बात के हिसाब से मैंने थर्मामीटर का सारा पारा खा लिया मैं मरी नहीं मुझे पिगमेन्ट का रोग हो गया। मेरी इसी मानसिक स्थिति में मेरा भी दाखला एक मेरे पति के मित्र ने करा दिया। सुबह मैं स्कूल चली आती थी सब लोग दूध नाश्ता करके जाते थे मैं खाली पेट लेकिन मुझे भूख नहीं' लगती थी। फिर किसी के कहने से मेरे पति ने मुझे एक चम्भनी देनी शुरू कर दी थी और उससे ही मेरा पेट भर जाता था। रात को केवल एक रोटी ही मिलती थी। लेकिन मैं कंकाल बन गई थी। मेरी यह हालत देखकर संस्थान के सभी लोग मुझे दया दिखाते थे लेकिन मैं इसका मतलब नहीं समझती थी। एक बार फिर से मैंने मरने की सोची जब मैं गंगा मे डूबने चली तो रास्ते में संस्थान के कुछ आदमी मिले और उन्होंने मेरी मानसिक स्थिति को देखकर कहा स्कूल इधर नही हैं उधर है। और फिर मुझे एक टक देखते रहे। मेरा पढ़ने का भी मन नहीं था। लेकिन उसी दिन मेरे जीवन में ऐसी घटना घटी कि मैरे जीवन की धारा ही बदल गई।

वो संस्थान माननीय स्व. श्री अच्युतपटवधन जी, का था माननीय अच्युत पटवरधन जे. पी. नारायण आदि के आन्दोलनों से जुड़े थे। जो हिन्दुस्तान की महान हस्ति थे। उन्होंने रास्ते में मुझे रोका मुझ से पूछा 'तुम्हें ये लोग बहुत तंग करते हैं मैं यह जानता हूँ।' तुम्हारा पति परवाह नहीं करता क्योंकि वह सीधा है। तुम क्या करना चाहती हो। मैंने कहा "मैं मरना चाहती हूँ। अभी मैं गंगा में डूबने जा रही थी उन्होंने कहा बुरी बात है। तुम बहुत छोटी हो पढ़ाई प्रारम्भ करो, तुम बड़ी अच्छी लड़की हो एक दिन काबिल बनोगी। उनका मिलना मैरे लिए वरदान था।

इसके अलावा गरीबों के दुख व अत्याचारों से भी मुझे बड़ा मनोबल मिला। उस समय ऐसी दशा थी कि गरीब के ऊपर अत्याचार जैसे बधुआ मजदूरी उसे साथ बैठने का हक नहीं था उसे सोने का हक नहीं था, उसे अच्छा खाना खाने का हक नहीं था, बस समझो कि वही हालत लड़की की थी।

अगर बेचारी लड़की कहीं विधवा हो गई तो ससुराल वाले भी उसे छोड़ देते थे हालत और भी दैनिय थी। इन सभी दुखों से मुझे बड़ा मनोबल मिला। इसी संघर्ष को पार करते-करते मैंने B. A. किया M. A. के लिए अच्छे नम्बरों के कारण लखनऊ विश्वविद्यालय में चली गई वहाँ मैंने माननीय स्वर्गीय श्रीमती इन्द्रा गांधी को पास से देखा क्योंकि मैं विद्यार्थी कमेटी में होस्टल में थी। उनके साथ खान अवुलगफ्फारखान साहब को देखा (सीमान्त गांधी)। उनके धैर्य से मैंने अपना मनोबल बढ़ाना।

इसके बाद मैं दिल्ली आई और ईश्वर की कृपा से Ph.D के बल से Class II की नौकरी मिली। मेरी इस नौकरी के लिये मैं उन सभी की आभारी हूँ जो मेरे साक्षात्कार में थे और मेरा मनोबल बढ़ा रहे थे। इसी बीच दिल्ली सरकार में सम्पादक की जगह निकाली मैंने भी अर्जी दी और मैं वहाँ 4 वर्ष कुछ महीने दिल्ली सरकार में रही मैं जिस किताब की सम्पादिका थी वह 'स्वस्त्रता सेनानी' पर थी जिसके आयोजक CEC माननीय जगप्रवेश चन्दर तथा चेयरमैन माननीय पुरूषोत्तम गोयल जी थे और माननीय स्व. पदम श्री क्षेमचन्द सुमन माननीयम् पूर्व लेफ्टीनेट गवरनर, माननीय स्व. प्रधानमंत्री राजीव गाँधी जी के कर कमलों द्वारा ही यह किताब Release होनी थी। इस काम मुझे प्रधानमंत्री राजीव जी से मिलने का अहो सौभाग्य प्राप्त हुआ। उस वक्त मैंने उनके धैर्य को देखा कि श्री राजीव जी प्रधानमंत्री कितने महान थे। बस देखते ही बनता था।

किताब रिलिज के समय मिडिया का बड़ा भारी सहयोग मिला मेरी उनके द्वारा बड़ी मदद थी जो कभी नहीं भूली जायेगी।

इसके अतिरिक्त मैं स्वयं स्व. माननीय भूतपूर्व प्रेसीडेन्ड डॉ. शंकर दयाल शर्मा जी से मिली। अतः उनमें बात करके उनके व्यक्तित्त्व की अमिट छाप मेरे ऊपर पड़ी। इसके अलावा जिससे मुझे मनोबल जाने अनजान में भी मिला मैं उनकी भी मैं बड़ी ही आभारी हूँ। लेकिन सबसे बड़ी मेरे जीवन में घटना घटी कि मेरे अपने ही जेठ ने जब मुझे किसी बात पर बुरा भला कहा तो मुझे एक लाइन याद आई कि दोस्तों की दोस्ती ने गुम राह कर दिया और दुश्मनो की दुश्मनी ने राह दिखा दी। यह सब मेरे पति के सामने हुआ।

इसके अलावा मानवीय श्री जे. वी कृपलान हमारे एरिया से वो चुनाव में खड़े हुए और मेरे पिता जी श्री डी. पी. त्यागी के कारण मैंने स्वयं उनके अलकशन में बहुत काम किया। जेवी कृपालनी जी ने मेरे अखबार के लेख देखे और बड़ा उत्साहित किया। इसके अलावा जो सबसे बड़ा मनोबल मुझे हिन्दुस्तान टाईम्स के बड़े ओफिसर श्री राजीव कटारिया जी से मिला पब्लिकेशन के सन्दर्भ में जाने पर उनकी बड़ी अच्छी सलाह मेरे लिए रही, इसके अतिरिक्त हिन्दी पेपर में मेरे लेख जैसे 'एक गाँव की लड़की' आदि से मुझे बड़ा ही मनोबल मिला, सबसे बड़ा अनुभव व मनोबल मुझे प्रधान मंत्री कार्यालय से हुआ वहाँ चार बर्ष से ज्यादा सम्पादक के पद पर रही। जिसमें में देश-विदेश सभी साहित्यकारों की चर्चा तथा (v v i p) आदि से बड़ा मनोबल मिला। प्रधान मंत्री कार्यलय में नारी का बड़ा ही सम्मान है साथ ही नारी की मेहनत का फल अवश्य ही मिलता है तथा चिनौतियों को झेलना तथा अनुशासन और कठिन परिश्रम आता है। उन लोगों की कृपा से यहाँ मैं बड़ी ही सफल अधिकारी रही जिसकी मुझे बहुत खुशी है। इसके अलावा कुछ भद्र महिला, उनकी उच्च कोटी की शिक्षा जैसे गिरजा व्यास जी मेरी रोल मोडल रही। उनके धैर्य विषय की अभिव्यक्ति, साथ ही मोह सीना किदवई जिनसें मुझे मिलने का दो बार सौभाग्य प्राप्त हुआ श्रीमती माननीय इन्दिरा गांधी जी को तीन बार प्रणाम करने का मौका मिला, इसके अलावा सुचेता कृपलानी जी उत्तर प्रदेश की सी. एम लेकिन एक महान् महिला जिनसे मैं कभी न मिल सकी केवल इच्छा ही रह गई, श्रीमती मार्गेट अलवा उनका तो मुझे वोलना इतना अच्छा लगता है कि काश

अन्त में माननीय स्वः महान दर्शानिक श्री जय कृष्ण मूर्ति की मुझ पर पूरी छाप है हालाँकि उस तरह का दर्शानिक बनना एक सपना ही है। बनारस में सवाल पूछने का उनसे दुशाहस किया था। जैसे What is life ? What is world Sir, जैसे जीवन क्या है? आदि

वो मेरे लिये बड़ा सुखद अनुभव था इसके अलावा अपने शोध कार्य के समय इलाहाबाद, कलकत्ता पुस्तकालय, दिल्ली के पुस्तकालय विभिन्न महान् स्वतन्त्रता सैनानियों का आर्शीवाद सेमीनार आदि से मुझे हमेशा बल मिला साथ ही रसियन टीचर से मैंने बहुत सीखा, अपना डिप्लोमा करते समय। विदेशी स्टूडेंट को पढ़ाने का भी मौका मिला। पूरी विदिनका, के ये रूस मे मैंने यूरी गगारन का संग्राहलय देखा। वह मैरे लिए बड़ा ही सुखद अनुभव था।

33

सामाजिक व्यवस्था

सबसे बड़ा कारण किसी व्यक्ति का अच्छा या बुरा या बुरा या अच्छा समाज की व्यवस्था पर होता है। सामाजिक व्यवस्था से उस व्यक्ति का मेल न खाना भी व्यक्ति किसी के लिए अभिशाप बन जाता है और मेल खाना वरदान बन जाता है। जबसे मैरे मन में इस पुस्तका का विचार आया, उस समय समाज की आर्थिक सामाजिक भौगोलिक और मानसित स्थिति बड़ी ही विभिन्न रूपों में थी सामाजिक स्थिति तो इतनी खराब थी कि बयान करने पर रोंगटै खड़े हो जाते हैं सामाजिक कुरीतियों में लड़कियों के साथ पशुओं जैसा व्यवहार या बरताव था।

लेकिन आज गाँव में कानून का डर है उस समय डर नहीं था लेकिन उनके दुखों को उजागर करने कि किसी में हिम्मत भी नहीं थी। जिसको आज "ओनर किलिंग" कहते हैं। उस समय तो यह हाल था कि यदि लड़की के चरित्र पर जैसे ही सन्देह होता लड़की की जीवन लीला को उसका अपना पिता या भाई ही खत्म कर देते थे। केवल लड़का ही उनका सब कुछ था लड़की नहीं। लेकिन अब केवल सरकार और एज.जी.ओ आदि के कारण, इनके अलावा सरकार बहुत कुछ कर रही है। थोडा ठीक है। लड़की की माता ही लड़की की टीचर होती है माता जो करती है लड़की उसी को अपनायेगी। अतः समाज की व्यवस्था का प्रबन्ध केवल थोड़े से गुड्डे रिस्तेदारों व समाज का सन्तुलन विगाड़ने वालों के हाथों में ही रहता था। अभी भी ये लोग समाज के कलंक हैं। अतः इनके लिए भी कोई न कोई कानून होने चाहिए। लेकिन कुछ अभी भी उनके लिए प्रतिबन्ध लगना चाहिए। यह मेरा कटु और दुखी अनुभव है जो लड़कियों का जीवन बिगाड़ते हैं उसके लिए केवल रिस्तेदार ही जिम्मेवार होते हैं। मैं उन लोगों का नाम नहीं ले सकती लेकिन मेरे जीवन का सुख केवल सगे रिस्तेदारों की बजह से समाप्त हुआ।

उस समय का कुछ कार्य बड़ा कलंक मय भी था कि पिता चुप चाप लड़की को बेच देता था और बदले में कहता था कि कन्या का धर्मकाज' विवाह कर दिया' यह भी एक बड़ा कलंक था। इससे यह होता था कि लड़की की 10, 15, या 20 साल बड़े लड़के से भी शादी हो जाती थी। उस बूढ़े बीमार पति की सेवा ही उसका धर्म समझा जाता था। उसके विषय में यह कहाबत चरितार्थ थी कि "धन के लोभी बाप ने बुढ़े को विहायदी" एक काफी बड़ा कलंक था आज कुछ कानून भी हैं लेकिन उस समय कोई भी कानून माता पिता के लिए नहीं था। शारदा एक्ट को माता पिता मानते नहीं थे। ससुराल में भी उसे चुप चाप रहने की हिदायतें दी जाती थीं।

इसके अलावा 1960 तक लड़कियों का सम्पत्ति में कुछ अधिकार नहीं था बाद में पिता की सम्पत्ति में सरकार ने कुछ अधिकार दिए लेकिन आज भी भावी के सामने लड़की की वही स्थिति है। यदि लड़की ने भूल से पिता की सम्पत्ति में से हिस्सा लिया तो वह भावी की सबसे बड़ी दुश्मन हो जाती है। और लड़की का जीवन नरक बना देते हैं। पिता के घर जाने का हक ही समाप्त कर देते हैं। लड़की क्या करे दहेज लाती है तो ससुराल वाले खुश रहते हैं और मैंका दुश्मनों की जमात बन जाता है। वह ससुराल को खुश करे या मैंके को। यह लड़की के लिए आज भी बड़ी विडंम्बना है।

इसके अतरिक्त माता पिता बच्चों के सामने संयम से नहीं रहते हैं परिणाम स्वरूप बच्चों में एक जिज्ञासा उससे भी होती है। और इससे समाज खराब होता है। गाँव में क्या शहर में भी काफी लड़कियों घर से अनजाने लड़को के साथ चली जाती हैं। इसके जिम्मेदार केवल माता पिता ही होते हैं। वो रात को वेशर्म बन जाते हैं अतः यह भी एक बड़ा कलंक है। साथ ही रात को माता पिता के यह शब्द की तुम उधर मुँह करके सो जाओं बच्चे सोते नहीं सारी कहानी सुनते, हैं और उसके परिणाम न सोच कर वह भी वहीं काम करना शुरू कर देते हैं। बच्चों की इस उत्सुकता से समाज खराब होता है और इसके लिए पूरी तरह माता पिता ही दोषी हैं।

इसके अलावा माता पिता दहेज का दिखावा करते हैं इससे लड़कियों को ससुराल में बड़ी ही तखलीफ उठानी पड़ती है।

इसके अतिरिक्त यदि वदनसीबी से लड़की के बच्चा न हो तब तो उसकी परेशानियों का अन्त नहीं होता अब तो बड़े बड़े लोग जैसा भी चाहे बच्चा पैदा कर सकते हैं जिसका उदाहरण शाहरूख खान और अमिर खान हैं लेकिन अब तो कम से कम इस ओर अवश्य ध्यान दिया जा रहा है उस समय यह सब नहीं था और लड़कियों को दुख ही दुख थे।

अतः यह विचार बिलकुल ठीक ही है लेकिन यह सोचना गलत है कि पति वेवफा न होंगे।

अगर तुम वेवफा न होते तो हमें कभी कोई आसरा देखना न पड़ता

वेवफाई तो भरी है इसको निकाल डालो, अपने मन से नहीं आत्मा से पूछ कर''

लड़की आधी आवादी है
माता भी आधी आवादी थी
और सास भी आधी आवादी थी
इसी समुदाय में इस फर्ज को
याद करो तो लड़कियों के आसुओं की
मात्रा स्वतः ही कम हो जायेगी।

34

स्वयं के दुख व सुख के अनुभव

इन्सान के जीवन में अनुभवों का एक बड़ा पिटारा होता है उसके सारे व्यक्तित्व के बनने का मुख्य कारण अनुभव ही होते हैं। यह कहना कि बच्चा बड़ा होकर ही अनुभव सीखता है या वह सबसे पहले समाज से ही अनुभव सीखता है, ठीक नहीं है। कुछ अनुभव स्वतः ही आ जाते हैं। जैसे बच्चा रोयगा तभी उसकी अच्छी परवाह होगी अतः यह अनुभव वह स्वयं ही प्राप्त करता है। लेकिन जीवन में अक्सर अच्छे अनुभव कम याद आते हैं बुरे अनुभव इन्सान को आरी की तरह चुबते रहते हैं। अतः इसी आधार पर मैंने अपने कटु अनुभवों से ज्यादा सीखा है ना कि अच्छे अनुभवों से इसके अलावा मैंने महान विद्वानों साहित्यकारों दार्शिनिकों, से बहुत कुछ सीखा है।

सबसे पहला अनुभव मैंने अपने चाचा माननीय स्व. दुश्यन्त कुमार परदेशी से सीखा जिन्होंने शायरी को कविता के रूप में ढ़ाला और कविता को एक नई दिशा दी। उनकी कुछ कृतिया जिसका उनके मित्र कमलेश्वर जी ने शारिका पत्रिका में विस्तार से पब्लिस किया था। वो बड़े साहित्यकार। अपनी प्रखर बाक विद्वता के कारण उस समय उन्हें विभिन्न रेडियो स्टेशनों पर अच्छे पद मिले जैसे इलाहाबाद, नजीमाबाद, भोपाल आदि में मुख्य भूमिका में रेडियों स्टेशनों में रहे।

गर्मियों वो लम्बे समय के लिये हमारे पास आते थे और उनके महत्व पूर्ण व्यक्तित्व से मैं बड़ी ही प्रभावित थी लड़कियों के लिए उनके दिल में अथाह सम्मान और प्यार था। गरीब और वेसहारा लोगों के लिए बहुत दया थी हिन्दी में अपरिवर्तनीय योगदान उनके शब्द आज भी मुझे याद हैं। ‘आप इस छोटी बच्ची से इतना ज्यादा काम कराते हैं सोचना

इसकी जिन्दगी में यह एक बड़ा कटु अनुभव बनेगा'' और सच में बना भी। उनकी एक पंक्ति आज भी याद है कि बेचने वाला खरीददार नहीं हो सकता।

इसके अलावा मैंने मेरा एक अनुभव जिसने मेरे जीवन को मोड़ा मुझे माननीय अच्युत पटवर्धन जी से मिला अच्युत पटवर्धन जी श्रमिक आन्दोलन में मुख्य नेता थे, श्री जयप्रकाश नारायण के परममित्र सहयोगी थे इन्ही के खोले सस्थान में मेरे पति टीचर थे। उनका मासिक वेतन 150 रुपये था अपने बड़े भाई के तीन बच्चों को पढ़ाना था साथ ही उनकी माँ भी साथ ही थी। पटवर्धन जी ने देखा क्योंकि मेरे पति का सारा परिवार मुझे तंग कर रहा था। उन्होंने मुझसे भी कहा तुम बहुत छोटी हो पढ़ती रहो मेरी दुआ है ईश्वर तुम्हारे साथ रहेगा। उन्होंने कहा तुम आत्महत्या करने जा रही थी ऐसा नहीं करना, यह पाप है। उन्होंने मेरे जीवन की दिशा को ही बदल दिया। काश वे आज होते।

इसके अलावा मैंने दशर्निक श्री जय कृष्ण मूर्ति जी के भाषण सुने और सवाल भी पूछे जैसे जीवन क्या है? इसमें इतने दुख क्यों है?'' जीवन का अन्त कैसे होता है आदि, यह मेरा बड़ा अच्छा अनुभव रहा था।

एक ऐसा अनुभव भी हुआ कि स्व. सर्व मानवीय श्रीमती इन्दिरा गाँधी लखनऊ विश्वविद्यालय में श्री खान अदुल गफ्फार जी के साथ थीं। उन्होंने विश्वविद्यालय में भाषण दिया छात्रों के सुन्दर भविष्य के लिए लेकिन उसी समय विश्वविद्यालय के कुछ शरारती तत्वो ने शरारत कर दी इस पर माननीय श्रीमती गाँधी ने कहा कि मैं ऐसे छोटे काले टुकड़ों से डरती नहीं हूँ और फिर भाषण देना शुरू कर दिया, उसको देख कर कुछ देर के लिए मेडम के व्यक्तित्व को सब देखते ही रह गये। मैं वहाँ की पी.एच.डी की छात्रा थी और फ्रेंच प्रोफीसेन्सी भी कर रखी थी।

कुछ समय बाद मैं दिल्ली प्रबन्धन गजेटियर में एडिटर के पद पर आ गई थी और वहीं श्री गफ्फार साहब का एक मंडल 'खुदाई खित मतगार के प्रोजेक्ट के विषय में वहाँ आडिटर के पास आया। मैं वहाँ थी अतः उस प्रोजेक्ट का काम मुझे ही दिया गया। इसमें दिल्ली के गाँव

आदि की सामग्री इकट्ठा हुई। मुझे बहुत अच्छा लगा। प्रोजेक्ट तैयार करके दिया इनके अलवा यहाँ मेरे सुपरवीजन में एडिटिंग में दो ग्रंथ निकले (1) दिल्ली के स्वतन्त्रता सेनानी (2) गजेटियर ऑफ रूरल दिल्ली। रूरल गजेटियर माननीय स्व डॉ. शंकर दयाल शर्मा Vice President of India ने रिलीज किया। इससे मैं माननीय, वाईस प्रेसीडेन्ट के साथ कई बार मिली, और उसी समय मैंने उनकी महानता व विद्युता को देखा और बहुत कुछ सीखा। दिल्ली के स्वतंत्रता सैनानी किताब स्वः माननीय श्री राजीय गाँधी ने रिलीज की। उनके बराबर मैंने धैर्यवान शक्ति किसी में नहीं देखी हर बात में मुस्कराते हुए जबाब देते थे उनके व्यक्तित्व की छाप जो भी उनसे मिला उसी पर दिखती थी। इस किताब में माननीय स्व गांधी ने अपना सन्देश भी दिया उनकी हर बात बड़ी अच्छी थी और अनुकरणीय थी।

इसके अलावा एक बड़ा ही चिनौति पूर्ण अनुभव हुआ कि जिस दिन मेरी नौकरी के लिये साक्षातकार था वह समय बंगला देश की लड़ाई के कारण पाकिस्तान से परेशानी थी। साक्षातकार से मैं वापस घर जा रही थी कि रेलवे स्टेशन पर विलेक आउट हो गया। मैं इतनी डरी कि दो कुर्सीयों के बीच में छिप गई एक रेलवे कर्मचारी ने मेरी मदद करके मुझे रेल में बैठाया और मैं रास्ते भर घरबराहट में थी। बाद में पता चला कि वह व्लेक आऊट था, बंगला देश की रक्षा के लिए।

इसके अलावा बहुत सारे माननीय महानुभाव की सहायता से मेरी मदद हुई। नेताओं में श्री स्व. जेवी कृपलानी जिन्होंने मेरी एक गाँव की लड़की शीषर्क कहानी को पढ़ा, देखा मुझे धन्यवाद दिया इसके अलावा भारत के President वी. वी. गिरी से मेरे Director ने कहा यह I.C.S पर P.h.d. कर रही हैं। Good कहा इसके अलावा Dr. A.P.J. अब्दुल कलाम से मैंने कम से कम 35 मीनिट तक बातें कीं मैं घबरा रही थी लेकिन वो मेरी हिम्मत बढ़ा रहे थे जब Human Resource में Dr मुरली मनोहर जोशी मंत्री थे और कलाम साहब काफी पहले पहुंचे और मुझे कृतार्थ किया।

इसके अतिरिक्त विदेश में बड़े अच्छे अनुभव हुए, इटली में नुमाश, लेनिन गार्ड में नुमायश, सिंगापुर में मुजियम, तथा लन्दन में मेडम तुषार का Waxmusion जिसमें शेक्सपियर की सारी समान उभरी देखी-सुनी है अपनी Thesis Indianisation of civil service cop. से स्तूजेन्तिका अचिन खरासो है। पब्लिशिंग कराते समय Russian diploma लेते समय, यह सुना कि यह 'अस्विन खराशो स्तूजेन्तिका है, बहुत ही सुखद अनुभव था। फ्रेंच Archins में जिस स्टाफ की तारीफ हुई उसमें मैं भी प्रमुख थी, लखनऊ में प्रोपीनेन्सी, तथा लखनऊ में गड़वड झाला बाजार में अपनी पेन्टिग की सेल करना सच में बड़े अच्छे अनुभव थे।

इनके साथ कटु अनुभव भी बहुत थे जिनकी याद आज भी ताजा है सबसे कटु अनुभव मुझे अपने विद्यार्थी जीवन का है। मैं हिसाब में सबसे घटिया विद्यार्थी थी घर में यह था कि घर का सारा काम करके स्कूल जाना पड़ता था लगता था स्कूल नहीं मैं पुलिस रिमान्ड में जा रही हूँ। वापस आकर जो खाना खाया और फिर से घर का काम करना शुरू कर दिया फिर अपने, छोटे भाई को लेना लेकिन मैरा छोटा भाई मेरे प्राण था उसकी मृत्यु हुई और मैं बिलकुल टूट गई।

13 साल की उम्र में मेरी शादी हो गयीं। शादी झूठ पर थी दहेज पर थी शकुनी मामा ने पिता की शत्रुता के कारण कराई थी। ससुराल में कुछ न था केवल लालच ही था जीवन नरक था मेरे पति के सामने ही मुझे मेरे जेठ अपशब्द और गालियाँ देते थे। चरित्र हीन कहते थे। मुझे मेरे पति का मेरे लिए कोई सम्मान न था क्योंकि मैं दहेज नहीं लाई। माता पिता कहते थे शादी के बाद लड़की को मैंके में कोई हक नहीं है। मुझे मैंके नहीं बुलाते थे। लेकिन बाद में मेरी माँ महीनों मेरे घर रह जाती थी क्योंकि पिता से उनका झगड़ा हो गया था।

मैं 10 या 11 साल की थी मेरी माँ मुझे सिलाई सिखा रही थी मेरी समझ में नहीं आ रहा था माँ ने गुस्से से मेरे कैंची मारी मेरी आँख तो बच गई लेकिन नाक में काफी बड़ा गहरा घाव हो गया। यह बड़ा ही कटु अनुभव था। इसके अलावा मैं अपनी बड़ी लड़की लेकर पिता के घर आई लड़की बीमार हो गयी अतः माँ ने भावी के कहने पर कुत्ते का कलील

उसके मुँह में दे दिया। इसके बाद मेरी बच्ची और बीमार हो गई और कुछ दिन बाद मौत हो गयी अब ससुराल में मेरे लिए कुछ नहीं था मेरे जेठ के तीन बच्चे मेरे पति के पास पढ़ रहे थे। अतः लड़की को दवा या खुराक नहीं मिली। मेरी सास मेरी बच्ची को कहती थी। मेरी बड़ी पोती का हिस्सा माँरने आई है। उसके मरने पर मैं टूट गई लेकिन मेरे माता पिता भी मुझसे मिलने नहीं आये। अतः मेरे दुखों में मैंके का भी बराबर का योगदान था। जब भी मैरी माँ अपना इलाज कराने महीनों के लिए मेरे पास ही आती थी।

इसके अलावा मेरे पिता पर बहुत जमींन थी। इसके लिए उन्होंने अपनी बेटी का इस्तेमाल किया। वे जमीन मेरे नाम कराते फिर बेचते लेकिन तहसील से लैटते समय किराया भी नहीं देते थे। इससे मेरा बहुत मान घटा। अतः मेरे कष्टों में मेरे मैंके ने भी बराबर का योगदान दिया।

इसके अलावा मेरी माँ और भाई पिता से लड़कर मेरे घर आ गये। मेरे पति सीधे थे अतः उनकी झूठी तारीफ करके माँ ने मेरे घर डेरा जमा लिया माँ ने पिता के शत्रु एम. एल. सी. की लड़की से भाई की शादी करली उसने कुछ दिया भी नहीं और लड़की को शिक्षा दे दी ससुराल का अपमान करने की, अपनी नन्द से रिस्ता तोड़ो की उसने वही किया और आना जाना सब कुछ खत्म करा दिया।

सबसे कटु अनुभव एक महिला का धोखा है। उसने मुझे प्रोजेक्ट का लालच दिया टोपिक 'भारतीय नारी' और उस पर छः महीने तक काम कराया काम के बाद उसने उस प्रोजेक्ट को सिनोपसेस किसी अपने आदमी को देकर वो झूठ बोलती रही काम निकालती रही और मुझसे धोखा किया। अतः इस किताब में कोई भी लिखित चीज गलत नहीं है सभी सत्यता आखों देखी तथ्य पर आधारित हैं।

एक और कटु अनुभव मैंने मास्को में देखा एक आदमी अपनी पत्नी से बड़ा बुरा व्यवाहर कर रहा था। इतने में किसी और कारण से तीन आदमी उस आदमी को बहुत मारने लगे वह महिला अपने आदमी को चारों तरफ से जकड़ कर खड़ी रही मैंने देखा पति के खराब व्यवहार पर

भी नारी का धर्म देखो, इसी तरह माननीय लेनिन बीमार थे केवल उनकी सेवा के लिए उनकी पत्नी ने उनसे अनुमति मांगी और उनकी सेवा करी। यह सब कुछ बड़े छूने वाले संदर्भ हैं

नारी सब कुछ हंस कर
बरदास्त करती है। नारी तेरी
यही कहनी आँचल में दूध और
आँखों में पानी
मैं चाहती हूँ लड़कियाँ इसे पढ़े और मैंके के झूठे वादों में न आयें।

सारांश

सारांश में इस पुस्तक के लिखने का उद्देश्य है कि लड़की की सबसे बड़ी शत्रु सामाजिक व्यवस्था सामाजिक कुरीतियाँ तथा उसके साथ परिवार का दोहरा वरताव सब से दुखदाई होता है। सबसे बड़ी दुश्मन नारी की नारी ही होती है तुलसीदास ने कहा था कि नारी न मोहे नारी का रूपा लड़की की दैनिय स्थित कि जिम्मेदार माँ ही होती अगर कहीं किसी के तीन या चार लड़कियों के बाद अगर लड़का है तो मां उसी पर सारा प्यार नियौछाबर करती है।

कहते हैं माता भी एक लड़की थी और लड़की भी एक माता होगी माता अपने दिन क्यों भूल जाती है। आज की बहुत कम मातायें लड़कियों का दिल दुखाती हैं लेकिन उस समय में बहुत कम मातायें थीं जो कि लड़कियों का आदर करती थीं इसके अलावा बाल विवाह विधवा विवाह न होना जैसी कुरीत प्रथा लड़की के लिए काल थी साथ ही छुआ छूत आदि कारण भी अच्छे नहीं थे इसके अलावा अगर लड़का किसी अछूत लड़की से शादी करके ले आये तो माता पिता को कोई आपत्ति नहीं लेकिन अगर यही कदम लड़की उठाती है तो वह 'आनर किलिग' में बदल जाता है।

यहाँ तक कि उसका जाति से वहिष्कार कर देते हैं और इसी कुप्रथा के कारण लोग ईसाई बन जाते थे क्योंकि ईसाई धर्म काफी लिवरल होता है इसी के कारण जाति वहिष्कार करके या गाँव में हुक्का बन्द कर देते थे हुक्का प्रथा एक बड़ी बुरी प्रथा थी हुक्का पीते थे" किसी के कोई गलत कदम उठाने पर उस व्यक्ति को अपना हुक्का नहीं पीने देते थे।

इसके अलावा ससुराल की दहेज की प्रताड़ना और माता पिता लड़की की इस परेशानी को कभी भी नहीं समझे और इन्हीं कारणों से

बहुत सी लड़की आत्महत्या तक कर लेती थीं। आत्महत्या के लिए मैंने भी बहुत कोशिश करी अतः आत्महत्या भी ईश्वर की ही मर्जी से होती है। आज लड़की पढ़ी लिखी है लेकिन उस समय लड़की अनपढ़ ही होती थी अतः उनका जन्म तो बिल्कुल ही नरकीय होता था। इसके साथ अगर लड़की के लड़की पैदा होती है तो भी वह अपमानित थी। दुर्भाग्य से यदि लड़की के बच्चा न हो तो भी परेशानी थी। और उसके लिए उसे 'बाझ-शब्द' बोलते थे।

लड़की उस समय किसी से हंस बोल नहीं सकती थी लड़की के चरित्र पर तुरन्त आक्षेप लग जाता था। लड़की किसी को भी अपनी प्रेरणा स्रोत नहीं बना सकती थी लड़कियों से विनती है कि वो अपने लिये उन्ही को प्रेरणा स्रोत बनायें जिनसे उनका व्यक्तित्व निखरे इस सारांश का अर्थ है कि लड़की पहले बहुत दुखी थी आज क्योंकि; आज मिडिया, का प्रभाव इतना बढ़ गया है कि गाँव में भी उसकी उपस्थति तुरन्त हो जाती है। अतः अगर लड़की कम दुखी होती हैं तो वह केवल मिडिया के कारण ही है।

इस पुस्तक में एक भी बात झूठीं नहीं कानों सुनी नहीं है। पूरी तरह सच्ची और किसी भी तरह अलग नहीं है।

सच में मेरी प्रेरणा मेरे स्वयं के ही अनुभव थे क्योंकि मुझको इतना दुर्व्यवहार झेलना पड़ा कि 'दोस्तों की दोस्ती ने गुमराह कर दिया दुश्मनों की दुश्मनी ने राह दिखा दी' यदि इतने दुश्मन न होते तो मैं स्वयं कहीं की न होती दुश्मन मेरे सबसे बड़े हितैषी थे अतः आज मैं उन्हीं के व्यवहार के कारण अपने ही पैरों पर खड़ी हूँ उधार के पैरों पर नहीं।

संदर्भ

1. स्वयं के अच्छे और कटु अनुभव
2. टेलीविजन के विशेष कार्य कर्म
3. मुंशी प्रेमचन्द की कहानियों से विशाल अनुभव लेकिन उससे अनुभव नकल नहीं पूर्ण रूपेण अपने स्वयं के ही विचार हैं।
4. विभिन्न पुराने नये अखबारों मैंगजीन व बड़े आदमियों के विचार
5. सार्वमोम व्यक्तित्व
6. महान दार्शनिक जैसे माननीय स्व. जय कृष्ण भूति जी उनके साथ प्रश्न और उत्तर
7. स्व. माननीय दुष्यन्त कुमार परदेशी जिन्होंने शायरी को एक कविता का रूप दिया और अपने महान व्यक्त्वि के कारण कई रेडियो स्टेशनों पर ख्याति प्राप्त की एक बार उन्होंने मेरे पिता जी के चिल्लाने पर कहा था ''कैसे-कैसे लोग आने लगे हैं हँसते-हँसते चिल्लाने लगे हैं। वैसे बात मजाक की थी।
8. हिन्दी के महान कवि स्वतन्त्रता सैनानी पदम श्री माननीय स्व. श्रेम चन्द सुमन।
9. अपनी पी. एच. डी. के कारण भारत भर के पुस्तकालयों के अनुभव को अपडेट कराने के बाद आई. सी. एच. आर ने मैरी पी.एच.डी. ''आई.सी.एस.'' को पबलिश कराया। अखवारों में अपने कुछ लेख जैसे ''एक गाँव की लड़की'' जो स्वंय ने लिखे थे। ''छः लड़कियाँ आदि''
10. सरकारी कर्मचारी Association में निबन्ध व कविता देकर इनाम लेना और अन्तिम इनाम मुझे शेल्जा जी मिनिस्टर के कर कमलों द्वारा दिया गया।

11. इसके अलावा लखनऊ विश्वविद्यालय में पेन्टिंग डोल मेकिंग व अन्य अनेक कार्य में छोटे मोटे इनाम अकसर मिलने से उत्साह बढ़ा। इसके अलावा लखनऊ विश्वविद्यालय, में वेडमिन्टन पिलेयर के नाते काफी छोटे मोटे इनाम मिले।
12. अपने ऑफिस में कई बार रेस आदि में छोटे बड़े काफी इनाम मिले।
13. माननीय श्री जे वी कृपलानी से मिलकर और अपना लेख देकर मुझे बड़ी खुशी हुई इसके लिए मेरे पिताजी को श्रेय है अपने महान पिता की वजह से मुझे बहुत उत्साह मिला। वो शायर थे और इनाम लाते थे मैं देखती थी।
14. इसके अलावा सर्व प्रिय श्री स्व. राजीव गांधी माननीय शंकर दयाल शर्मा जी एक वाईस प्रेसीडेन्ट दूसरे प्रधान मन्त्री दोनों से मुझे किताब रिलीज, के सन्दर्भ में मिलने का कई बार मौका मिला।
15. तुलसीदास की चौपाईयाँ जैसे धीरज, धर्म मित्र, इन सभी की पहचान समय आने पर ही दिखती है।
16. सामाजिक अनगिनत कुरीतियों समाज का दमन चक्र आदि। कवियों के दोहे।
17. जैसे आवत ही हर्षे नहीं जाबत नहीं स्नेह वहाँ कभी न जाओ। जहाँ प्रेम न हों।
18. पिता का कहना कि गिरते हैं घुड़ सबार ही मैदाने जंग में----
19. इसके अलावा पिता की शायरी असकर 15 अगस्त को लाल किले में श्री कुमार महेन्द्र सिंह वेदी के साथ तथा पिता जिगर मुरादाबादी के शार्गिद उनके मशापरो से मैंने बहुत सारे अनुभव और हिम्मत सीखी

उनसे यह भी सिखा कि पीठ में छुरा अपने ही भोंकते हैं। साथ ही ''दोस्तो को दोस्ती ने गुमराह कर दिया दुश्मनों की दुश्मनी ने रहा दिखा दी।'' सब में संवेदनशील में दो कहानियों से हुई एक 'शौकिन' दूसरी ''हब्वा खातून'' थी। एक विदेशी, व एक कश्मीरी थी।

अतः सबसे ज्यादा मैं अपने शत्रुओं कि भी आभारी हूँ तथा अपनी पी. एच. डी. व सरकारी नौंकरी अगर इस दुनियाँ मैं मेरे पास न होती तो क्या होता मैरी प्रेरणा 'मामा, बालवीर' या और मेरे जेठ न होते तो मैं कुछ भी न कर पाती। सबसे ज्यादा पति की सिधाई जब सब लोग यह कहते थे कि विचारा बड़ा सीधा है तो मैं हमेशा अपने को अपमानित ही समझती थी; इसके अलावा उन्जला वुमने एसोसियसन में, पढ़ाना देखना आदि-आदि से जुड़े रहना वहाँ गरीब लोगों असाहयो से संपर्क तथा उन्हें पढ़ाई की सलाह भी देना महत्वपूर्ण संदर्भ है। अतः अपनों के द्वारा दिये गये दुख व अपमान ही मेरे मुख्य संदर्भ हैं।